Best Time

白 马 时 光

完美爱情标本店

殷小棠 著

百花洲文艺出版社
BAIHUAZHOU LITERATURE AND ART PRESS

图书在版编目（CIP）数据

完美爱情标本店 / 殷小棠著. — 南昌：百花洲文艺出版社，2017.6

ISBN 978-7-5500-2127-3

Ⅰ. ①完… Ⅱ. ①殷… Ⅲ. ①短篇小说–小说集–中国–当代 Ⅳ. ①I247.7

中国版本图书馆CIP数据核字(2017)第037027号

出 版 者	百花洲文艺出版社	
社　　址	江西省南昌市红谷滩世贸路898号博能中心A座20楼	邮编：330038
电　　话	0791-86895108（发行热线）　0791-86894790（编辑热线）	
网　　址	http://www.bhzwy.com	
E-mail	bhzwy0791@163.com	

书　　名	完美爱情标本店
作　　者	殷小棠
出 版 人	姚雪雪
出 品 人	李国靖
特约监制	王　瑜
责任编辑	童子乐　胡逸舟
特约策划	周　莉
特约编辑	周　莉
封面插图	居里先生
内文插图	Lylean Lee
封面设计	梁　霞
版式设计	曾　珠
经　　销	全国新华书店
印　　刷	三河市华业印务有限公司
开　　本	1/32　880mm×1230mm
印　　张	9.5
字　　数	181千字
版　　次	2017年6月第1版
印　　次	2017年6月第1次印刷
书　　号	ISBN 978-7-5500-2127-3
定　　价	39.80元

赣版权登字：05-2017-65

不管生活给了我们哪一种爱情，我们都不应该放弃寻找真实的自己。

目录
CONTENTS

目录
CONTENTS

谈恋爱最终面对的不是人，而是人生观。人还爱，可人生观不爱没有办法。

这世界所有无须回报且永恒供应的东西，
都是通向地狱的航船。

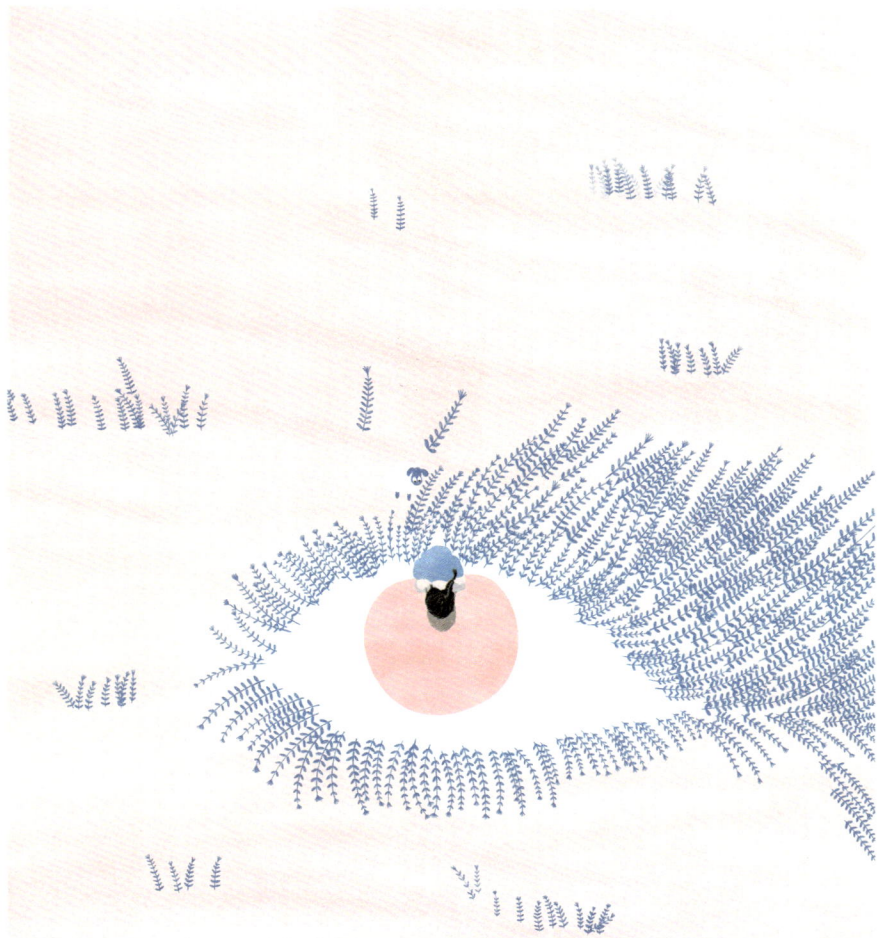

你现在的气质里，藏着你走过的路、经过的事和爱过的人。

Jane's

曾经我们都以为一定要变成某一
种样子的某一种人才能获得我们
想要的东西，殊不知在荒诞的命
运前面，结果只是个毫无逻辑的
巧合，或必然。

内心带领我们前行的，有时是色，有时是戒。

完美爱情标本店

1

新年前三日。

好险！

我赶在迟到前最后一分钟冲进了店，推门太猛，店门口挂着"完美爱情标本店"条幅的风铃也因此响得短促而杂乱。收银柜台后面的吴太见了，说："哎哟哟，运气真好，没有迟到，今天就能成单也说不定。"我呼哧喘着气，从吴太手里接过钥匙点点头。

我刚要上楼，被吴太拉住，她悄声地问："要不要听听我的爱情故事？"

这问题真令人尴尬，我说："您、您还没做自己的标本吗？"

吴太朝二楼撇撇嘴道："告诉你，这个破地方什么员工福利也没有，一样要付钱……"

我不知说什么好，和私人订制爱情标本的费用比起来，恐怕吴太这样年纪的人，爱情里并没有什么拿得出手的信物才是真的。

我指指手腕，说："再不上去，肖老师该骂了。"脚下没停跑上了楼。今天是今年最后一次例会，我不想迟到。

标本店所在的这栋洋楼是名副其实的百年老宅，听说曾老板的曾祖父，也就是这家店的创始人，就是在店里出生的。我猜可能从那时起，这座城市就离不开这家标本店了。人们热爱这间神奇店铺的程度，不亚于巴黎热爱莎士比亚书店，或者伦敦热爱贝克街221B。他们需要它，甚至迷恋它，因为在这里，只要凭一件爱情信物，就可以实现记忆移植，把痛苦的爱情回忆从客人的脑海中抹去，再移植到标本上。经年累月之后，不管多么难舍的回忆，都可以像整容时削去的骨头、失恋后剪掉的头发、牙痛时拔掉的牙齿一样……嗖！所有的痛苦都不见了！

清空朋友圈也不过如此。

谈恋爱变成了只会快乐不会痛苦的一件事，多完美！

我轻哼了一声。

顺着枣红色的实木楼梯拾级而上，便来到了标本店的正门。我把钥匙插入墙上玫瑰花形状的锁孔里，扭转，墙面自动向两边打开。

此时，店里的肖聪正在问："阿城还没来？龙床上有胶水粘着他吗？"肖聪是标本店最好的标本师，也是我的主管，为人傲娇爱骂人，但吐槽从没有脏字。

我赶紧应声："来了，来了！"

肖聪嫌弃地用两只细长的手指捏着一根头发，对我说："这是你扫的地？一大早晨捡起来的头发够织顶假发了。"

我看了看这头发长度，估摸着是上个礼拜五过来的周小姐留下的，她当时很焦虑，一头长发乱蓬蓬的。

同事老洛凑过来，语重心长地说："这周加油啊，我还以为那个周小姐会签单呢！"

我也面露懊恼，"还差那么一点……"

老洛点点头，"第一单最难……"

老洛快五十岁，戴着一副红色镜腿的方框眼镜。眼镜和他的气质严重不符，却是老洛搞定客户的"神道具"。每每他讲起"红色镜腿"的爱情故事，客户就被吸引、感动，最后果断签单，屡试不爽。可每当我提出要听听老洛的故事时，他总是摇头，"等你签了第一单再讲。"

我和老洛并肩走到大客厅的门口，曾少趴在门边上，贱兮兮地问："你们谁能帮我分几个客户？你、实习生，行不行？"

曾少是曾老板最小的儿子，二十五岁，眉目俊秀。因为是少东家，他经常给自己私自放假外出，肖聪曾刻薄地说他谈的都是"下午茶恋爱"。顾名思义，"一顿下午茶就能爱完。"

此刻他肯定是为了去谈"下午茶恋爱"才要分派任务。

老洛替我解围说："阿城才来三个月。"

"都三个月还没有开单才要锻炼啊！"曾少把一摞资料塞进我怀里，"我这是在帮你。"

例会开始了。

这是三个月以来我第一次参加例会，幻灯片亮起来了，参会的人却全都低头不语。老洛闭眼假寐，曾少在桌下玩手机，肖聪则在习惯性地碾压餐巾纸的一角，搓成一个个圆圆的小纸团，再认真地在面前摆成一排……而我，只是在观察。

曾老板正对着幻灯片讲解："上个季度我们一共接待了2460位客户，大家的成绩都在这里了，老洛一贯稳定，770单。小曾，你怎么回事，退步了啊，340单……还是肖聪最棒，有一半多的业绩都是肖聪做的，不愧是咱们店的头牌。来，大家给肖聪鼓鼓掌……"

掌声稀稀拉拉，因为只有曾老板自己在鼓掌。他拍手更大声了些，大家才放下手里的东西或回过神来。这一页上也有我的名字，只是，在最后一行。我咽了咽唾沫，坐直了身体。

曾老板继续说："还有三天就是新年了，大家都要加把劲，希望今年的业绩要同比增长……"曾老板压根就没提到我，跳过"实习生阿城"的名字，直接说到了结尾，直到散会曾老板的目光也没有和我再对视过。

到店三个月一单未签，我可是破了标本师的最差纪录。

"阿城啊——"直到散会时，准备离开的曾老板仿佛才刚想起来我似的，"新年哦，到新年至少得有一单。"

我嘴巴张了几下，又合上，"可……"

"他没问题！"老洛试图安抚老板，再次帮我解围。

曾老板笑笑说："有问题可就有问题咯。"

这无异于一个"不行就滚蛋"的最后通牒。我再次张开了嘴巴，

"可，我有个问题！"

大家都停了下来。

"为什么我们从来没做过售后调查？"

所有人面面相觑。

的确，完美爱情标本店从来没做过售后调查。那些通过记忆移植忘记了旧爱的人，后来就真的能快乐吗？

曾老板指指墙上的宣传语，让我读。

"想忘记令您痛苦的爱人吗？

"想和更快乐的自己相遇吗？

"想以焕然一新的心态去爱下一个人吗？"

……

曾老板皱着眉头严肃地问我："我们店卖的是什么？就是遗忘！"他自问自答，"'遗忘'，孩子，他们忘记了！"

我明知故问："既然如此，我们怎么知道他会更快乐呢？"

"如果他们不快乐，他们可以再来遗忘一次啊！"

我摇摇头，"那样不正说明'遗忘'没有效果吗？"

"胡说！"曾老板被我气得直拍桌子，他指指肖聪，怒道，"你调教调教他吧！"

肖聪一副惊讶的样子，说道："我？我不行。"他指指老洛，"洛先生吧？"

老洛可也知道我会是个烫手的山芋，"我都老脑筋了，还是你们年轻人在一起，小伙伴互相学得比较快。"老洛把我扔给了曾少。

曾少倒是一点也不推托，"可以啊，实习生，你跟我。我对着我谈过的那一百多次恋爱发誓，'遗忘'是爱情里最高尚的生意了！"

我低下头，声音虽轻，却依旧不服气地说："可是……"

"新年哦！"曾老板明知我要说什么，却似乎压根不想听地摆摆手。

2

新年前两日。

今天阳光明媚，我来得很早。

和往常一样，我从吴太手里接过二楼钥匙，吴太说："我刚卜了一卦，你今天会有大运！"吴太一如既往地正能量，尽管她所谓的"卜卦"只是电脑上的纸牌游戏而已。我则一成不变地点点头，一点也不相信吴太的鼓励。今天是不会开单的，我知道。

"真的不想听我的爱情故事吗？"她再次问，"趁我还没把它忘掉。"

我避开吴太热情的目光，跟做了什么亏心事似的，三步并作两步走上楼。我可不是来听什么爱情故事的。

昨天开过例会之后，我一直在读曾少给我的客户资料，一共 337 位预约客户，但没有一个案例值得被"遗忘"。回忆是多么复杂而奇妙的东西，可以说我们每一秒都活在其中，却又触不可及。忘掉爱过的人是什么感觉呢？就此满足吗？从此快乐吗？我的问题并没有被解答。

我正对着桌上的一盆多肉植物发呆，肖聪过来敲敲我的桌子说："我有个客户迟到了。"

我慌乱地站起来，抓起了电话。

肖聪倒愣了，"你干吗？"

"呃？帮你打电话催人啊！"

肖聪乜斜我一眼，摇摇手里的钥匙，叹一口气，"算我闲的吧，帮你找点灵感。"

终于——

我可以去看标本了！

标本店里所有的爱情标本都存放于三楼的标本展厅。在旷日持久的日子里，数不清的客户把自己伤心难过的爱情记忆留在了这里。因为实习生的身份，我没有三楼的钥匙。又因为一单都没有签约过，我原本没有资格参观标本展厅的，只是因为肖聪刀子嘴豆腐心，并不希望曾老板把我赶走。

经过一段枣红色实木楼梯，肖聪把钥匙插进三楼墙面的玫瑰花锁中，墙面朝两边打开，我们走了进去。

我睁大了眼睛——

此刻我如置身云中，展厅以精巧的结构打通了一个梦幻般的穹顶，阳光从数扇高窗斜射下来，再折射到四周不同角度的镜子上层层反射，形成了用阳光光线勾勒的一条流动缭绕的蕾丝光谱，上面悬空飘浮着一个个透明玻璃罩，如回转寿司一样不断在眼前经过……

玻璃罩里的爱情标本五花八门：一只镶着硕大祖母绿宝石的古董戒指、一朵刚舒展了一片花瓣的蔷薇、两张爱情电影票票根、一张产科 B 超 X 光照片、一摞叠成乐事薯片一样高的火车票、一本撕烂的房产证、一张什么都没写的白纸、一件发旧的黑色内衣、一只抓娃娃机里的机械手、一只有圈裂痕还没有碎开的扁碗……

我看呆了，与其说这些是爱情标本，不如说，这是一本爱的立体百科全书。

"我知道你在想什么，你把'遗忘'当成一种遗憾。"肖聪漫步在如梦似幻的爱情标本中，此刻他并不毒舌，"但其实并不是这样，'遗忘'是一件绝好的事儿，好处在于无从比较，哪怕你的一生再也遇不到更值得的爱情，你也不会知道……你得到的，都是最好的；你失去的，都是应该的。如果连自己都不知道，又有什么关系？"

我紧盯着面前玻璃罩里一只趴在苹果上的虫子，什么样的人会留下这样的爱情信物？在我看来，虫子只是不断在苹果上周而复始地绕圈，可在虫子眼里，它毕生都在一往无前地行进。

"客人不会反悔吗？"我问肖聪。

"确切地说，我们还没遇到过来退货的客人……一个人怎么会主动要求记起来一个 TA 压根想不起来的人呢？"

是的，这么说没错。除非——他发现了什么，除非——他想改变什么。一个人自愿降维了自己的时间，以为会获得虫子一样"简单的快乐"。殊不知，快乐从不简单，虫子陷入了快乐的怪圈。

我注意到每个玻璃罩下方都有一颗玫瑰形状的按钮，问："这是什么？"

肖聪说："每个客人在记忆还在的情况下只有一次机会见到自己的标本，第一次也就是最后一次，当 TA 们按下这个钮，标本就会进入我们的标本储藏系统，而客人会即刻忘记和这个标本有关的全部记忆，甚至连哪一个是自己的标本也不会记得。"

肖聪随手指向一枚从眼前经过的一块钱硬币，自嘲地说："说不定这个就是我的。"

啊？

他的话让我莫名地紧张了一下。玻璃罩里的硬币闪闪发光，上面用马克笔写着一个名字。肖聪充满感情地看着它，仿佛能从中看出一个他爱过的人。

但这并不是我紧张的原因，我知道那枚硬币一定不是他的。

因为——它是我的。

午饭的时候我一点胃口也没有，曾少见了，借着抽烟的机会把我叫到了二楼的阳台。

"别拧巴了，我知道你那小把戏……"他把烟斗磕在大理石的护栏上，模样像个老爷子，但我不得不承认，抽烟斗让他有种和年龄不相符的优雅，"你不是接不着单，是你不愿意。"

我并没有接话，曾少可是曾老板的亲儿子。

"上次那周小姐，你在那儿跟人家叨逼叨、叨逼叨的，越说那姑娘越舍不得。本来她想来咱店里狠心把前男友忘了，结果和你聊完天就扭脸走了……你这明摆着是来砸场子的呀。"

我没想到曾少还如此细心地观察过自己，只好说："也不是……"

曾少欢快地笑起来，"放心，我才不在乎呢。说实话我也挺想看看你能不能成一单，毕竟我从小就和这么个店打交道，难免有点腻。"

"我真的不是来砸场子的，"我说的是实话，"就是还有个结……"

曾少懒洋洋地靠在护栏上，仿佛在呼吸暖洋洋的阳光。他喃喃道："我们最好什么人都别爱，什么人都不爱最安全。"

"就像你，"我同意他，"多快乐啊！"

曾少却没有特别高兴，相反，他有些不自信地犹豫，"或许这听起来有点矫情，但我真的有点厌倦快乐。"

我惊讶地看着他，这太不像他了。

"当我特别快乐的时候，一想到自己随时都可以这么快乐，那快乐立刻不太快乐了。"

他绕口令似的话里，有一种逻辑，既熟悉又陌生。

他继续说："当然，人人都需要爱情，人人都希望每一段爱情都称心如意，或者即便不称心如意，我们也可以不受任何伤害地重新来过，这听上去很棒。"

"是啊，"我同意他的话，"这听上去真的很棒。"

"直到对了为止。"

"是啊，"我再次肯定这句话，"如果能知道哪个是对的话。"

我俩都没有继续说完要讲的话，这答案显而易见，但我们都拒绝说出口。

快下班时我依然"如愿以偿"地一无所获，老洛出于帮忙的目的，要帮我过滤一下跳单的客人，看有没有什么值得重新考虑的。

"上次那位周小姐呢？"他问道。

"她改变主意了。"我耸耸肩，没办法，我总不能说周小姐是被我劝退的吧。

"你令我想起一位客人，"老洛说，"很久以前的事。"

"什么客人？"

"一个来闹事的男人，他的老婆不见了，只留下了一张店里做标本的发票。那男人找上门来喊着要去报警，嚷嚷：'你们这不是害人吗？''和草菅人命有什么区别？''我要去告你们！'当时只有曾老板在。"

"然后呢？"

"曾老板说既然她老婆那么想忘记他，即便找到也于事无补，如果他愿意，我们可以为他免费做一个标本，帮他忘了他老婆不就得了嘛。'想忘记令您痛苦的爱人吗？'当时就是这句宣传语。"

出于某种原因，这故事吸引了我，"那他做了吗？"

老洛回答得很轻松："是的，那男人同意了，他就用那张发票做了标本。"

"哦。"我失望了一下，那显然并不是我。我的爱情标本是那枚硬币。

老洛继续说："再后来他遇到了另一个女人，他们就结了婚。那男人很爱他后来的妻子，如果不是曾老板告诉了他真相，他会觉得和后来的妻子是天生一对。"

"可曾老板为什么要告诉他真相呢？"我不解。

"很简单，因为那时候标本店的生意太好了。"老洛仿佛已经讲了这故事几万遍，几乎能猜到听众的每一个反应，"人手不够，曾老板觉得这个男人会是个以身试法的好例子，所以他告诉了他真相，问他是否愿意留在店里工作。他答应了。"

老洛的样子非常镇定，"那个人就是我。"

这出乎我的意料。

老洛指指自己的红色镜腿，说道："这是我前妻的标本，曾老板破例让我留下了它。它每天都提醒我，一定要珍惜当下。你不是问过，那些做了标本的人之后是不是快乐？我用自己来回答你，是的。"

我明白了，这是唯一实证的答案。但他为什么要和我说这个？

"等一下，这故事哪里能让你想到我了？"

老洛意味深长地微笑起来，"无论任何时候，人要懂得珍惜当下，不是吗？"

3

新年前一日。

我努力地在门前跺脚，尽量把沾在鞋子上的雪磕掉。下雪的新年夜应该是上天送给恋人们最浪漫的礼物了吧。我出门前看过皇历，今日大吉，那些想表白、求婚的恋人们一定开心坏了，这美景会让"不"字显得比平时不合时宜。

换言之，今天的生意恐怕不太好。

但吴太显然不这样想，她说道："越是幸福的日子里，人们越容易想起自己的痛苦，相信我，今天一定会有人想忘掉什么人的。"

她的话总是对的，每一天都会有什么人想忘记什么人，新年前夜也不会例外。

我把怀里的红酒递给吴太，说道："为了新年！"吴太一开始还有些不相信，但随即在惊喜中接过了我的新年礼物。

"你太好了！"她说。

趁她兴冲冲地把红酒放进厨房时，我悄悄地掏出一只烟盒，里面是我提前装好的橡皮泥。我在收银台后面找到印着肖聪名字的三楼钥匙，飞快地放进烟盒，合上盖子用力捏紧。再打开，烟盒里被压出了一个清晰的钥匙形状。我把钥匙放回了原处，把烟盒揣进了口袋。

是的，我是一个有故事的实习生。

昨天下班前老洛的故事已经充分说明，他开始怀疑我了。也许是因为我说的话，或者他干脆就记得见过我，也许我的硬币标本就是他做的。我不敢肯定，因为我真的想不起来。

我现在就是一只虫子，而这只虫子需要跳出这只苹果。

让虫子知道自己是虫子的唯一的证据，便是"她"留下的那封信。说是信，可却长得好像一本书，我花了整整一个星期才全部读完。随后我又花了两个星期，仔细地分析了信里的每一个细节，时间、地点、人物关联，直到我确信"她"是一个真实存在的我却毫无记忆的"消失的爱人"。

我之所以如此费力确认，倒不是记忆移植有多么难以置信，而是这封信里的"我"让我汗颜。因为"他"是如此不堪、虚伪、自私。在"她"的描述中，"我"因为厌倦而选择了把和"她"在一起的记忆全部移植，用的就是我们第一次见面时的一枚硬币。当时"我"为了吸引"她"的注意，在朋友聚会上玩魔术游戏，在硬币上写了"她"的名字当道具。魔术的效果出奇地好，而"她"也就此爱上了"我"。"我们"也曾在一起度过很多美好的日子。

可当"她"发现自己已经被"我"忘掉后，"她"并没有放弃，而是选择重新和"我"相遇、相识、相爱。"她"以为再来一次"她"会做得更好，而"我"也会重新爱上"她"。事实是，"她"的确做得比以前更好了，"我"也的确再次爱上了"她"，但自私的"我"却又一而再、再而三地背叛"她"，就好像转圈的虫子，反复地伤害"她"，以至于在说不清多少次的轮回之后，"她"再也不想被"我"爱上了。

就这样，"她"做出了和"我"同样的选择——来到了标本店，选择了"遗忘"。

唯一不同的是，在做之前，"她"给"我"留下了最后一封信。这真是我见过最奇怪的文本——它好像同时在告白和诀别，同时在倾诉爱意和恨意。

是的，这座城市的人爱标本店，因为要努力"遗忘"的背后，必然有某种迷恋。

现在"她"也不存在了。按理说"我"和"她"应相忘于江湖，但当我读完了最后的信，读懂了字里行间"她"一次次对"我"的容忍，感同身受"她"一次次被"我"放弃后的努力，我却再也不能任由"她""遗忘""我"。

我必须从"我"记忆深处找回"她"。

而唯一能帮助我的地方就是这里——完美爱情标本店。

此刻我揣着印有三楼钥匙模具的烟盒回到了自己的工作位。我必须去找到"她"的爱情标本，才有可能把"她"的记忆移植回来，而留给我的时间，不多了。

4

我才坐下，老洛就来找我，要我帮他把新年的装饰物挂起来。老洛个子不高，即便站上梯子也够不到最顶端的高窗。我便踩上梯子逐一把红绿色的新年装饰贴在二楼的窗子上。他则在下方看我贴的是否对称。

"左一点，下一点。

"好，右一点，再右一点。

"对！别动，就是这样。"

他吆喝着，毫无异样。标本师每天要接待那么多人，或许他记不住"我"曾经来过也是可能的。但我必须第一个解决他，我不敢确定万一他知道我的计划会做出什么举动来碍事。

"无论任何时候，人要懂得珍惜当下。"这句话似乎有所指，我一时还猜不明白。

还剩最后一扇窗户，我趁移动梯子的时候抓了抓高窗上的窗棂，似乎还很结实。老洛就在我视线下方，正盯着我。

"看！"我猛地一喊，指向远方——就好像突然出现了什么新奇的东西那样。老洛下意识地随着我手指的方向望过去。

与此同时，我用力抓住窗棂，身体腾空一脚踢开了梯子，梯子顺着我的脚下倒下去，正是老洛背对我的地方，他还没有反应过来远方空无一物，就被梯子重重地砸在后脑。

我大声地喊叫起来……

老洛被砸晕了，似乎只是一个意外。待赶来的曾少把我救下来，老洛已经被肖聪扶进了救护车。他后脑有个大包，已经昏迷，肖聪送老洛去医院，留曾少一个人安抚我。

我一个劲地哭，显然被吓坏了，反复说自己并不是故意的。

这博得了曾少不少的同情，更何况我今天身上还背负重任。我告诉他，今天再签不到单，我想请吴太做一个爱情标本。

"她？老太太付不起钱吧？"曾少一语中的，"不然她怎么会等到现在，早爱别人去了。"

"吴太在店里干了那么久，就当个福利，能不能免费？"我明知故问，曾老板可是个一流的生意人，他断然不会答应。

这一点曾少最了解他父亲，他说："别说给吴太免费，你看他什么时候给我免费过？"

我故作懊丧地说："那，看来我是没办法留在这里工作了。"

我假装更加难过地哭了起来。曾少见我哭成泪人的样子，免不了埋怨我："早知今日，你当初干什么去了？"

我抬起头，犹豫一下，再次犹豫了一下："我是有原因的。"

曾少不知道我葫芦里卖的什么药，问道，"什么原因？"

我咬咬牙，"算了，我就跟你一个人说实话算了。我告诉你一件事，你千万别怪我。"

曾少莫名其妙。

我说："咱们店的记忆移植有 bug。"

曾少一愣，随即哈哈大笑，"你没摔也糊涂了？说什么胡话！"

我见他不信，神秘而认真地说："是真的，我没乱说。因为，我也来这里做过标本，可我自己还记得。"

曾少还是不相信，"你记得？你记得什么？"

"我记得我的标本是一枚硬币，上面有个名字，就是我的前任。不信你去查，是不是叫……"我说出"她"的名字。曾少脸色微微有些阴沉，如果我说的是真的，他肯定明白这意味着什么——标本店赖以为生的记忆移植竟然是有瑕疵的！

这将是重磅新闻，不亚于这座城市的一次地震！

"好，我现在就去查，如果你骗我，我绝对饶不了你，实习生！"他愤愤地警告我。我则坚定地点点头，"昨天肖聪带我去标本展厅了，我无意间看到的，绝对不会错！"

档案室只有曾少和曾老板知道密码，就连老洛和肖聪都必须经过批准才能进入。但此刻曾少也顾不得许多，径直地跑进档案室开始翻找，我则尽量不起眼地跟在他身后。

"你按我的名字找，一定可以找到硬币的记录。"我提醒他。

翻了不久，果然，他停了下来，抓起了一份文件，快速地浏览内容。

我猜，那应该就是我的档案。

曾少转过脸来，脸色惨白。

他举起一份标明"四百三十五"次制作标本的档案，冷冰冰地问我："你是谁？"

即便对我自己，这个数字也出乎我的意料——"我"忘记过"她"四百三十五次？

"我"果然被快乐的怪圈卡住了。

5

楼下的吴太听到响动，她在楼梯下喊："阿城？曾少？怎么啦？"

我把我的档案团成了一团，塞在了曾少嘴里。他呜呜地声音出不来。

"没事，碰到了桌角，放心吧。"我向吴太喊。她是不会上楼的，我从未见过她上过楼。

此刻我已经把曾少绑在了档案室的一角。他是娇生惯养的人，经不起一点折腾，很快就不抵抗了。我说得很明白，"我不想伤害你，我只是想找到我的爱人。"

我从花盆里倒出来泥土填进烟盒，抠出了钥匙形状，又用打火机烧了一阵，好歹能塑出个样子，希望这东西管用。我跑上三楼，把陶钥匙塞进了玫瑰花锁孔里——糟糕，时间太短，陶钥匙还不够硬，被卡住了！

我急了，猛敲那玫瑰几下，钥匙碎在了锁孔里，但还好咔嚓一声，墙面打开了，我走进了标本展厅。

此刻的蕾丝光谱是由月光的光线折射而成的，没有白天来时夺目耀眼，但足够温柔浪漫。我开始努力地在一个个玻璃罩中翻找，可怎么也找不到。"她"会用什么信物来忘记"我"呢？虽然我对"她"一无所知，但我坚信，如果看到我一定会认出来。

拜托——拜托——

我颤抖地祈祷着，这是我仅存的线索了⋯⋯

"阿城？！"

吴太的声音从我身后响起，我打了个激灵。此刻，吴太站在标本展厅的玄关，张大了嘴巴。

"您怎么上楼来了？"我下意识地问道，脑海中不停编起托词来。

"上周的那位周小姐来了，她好像改变了主意⋯⋯"吴太显然还没有意识到这里发生了什么，直到在月色中她看清了我的脸，"啊！"

我不得不抓住了她的手臂，真对不起——她惊讶着，我伸出手指，"看我，吴太，看这里！吴太！"

我快速地指令，配合着手指在她面前摆动⋯⋯

三、二、一！

真对不起，我再次向被催眠的老太太道歉，如果不是必须，她现在本可以喝着我送的红酒，畅聊她的爱情故事⋯⋯

我现在必须停下来去应付一下那个改变主意的周小姐。

6

周小姐穿着厚厚的大衣，即便在楼下等了挺久，她外套上的雪仍然没有化。我才意识到外面还在下雪，晚上十点多了，她选择这个时间点来，显然是深思熟虑过了。

"改变主意了？"我问。

上次周小姐来的时候蓬头垢面，被我劝退，当时还落下一地的头发被肖聪揶揄。我突然意识到，如果她今天坚持要签约，竟真的就是我的首单了。

只是现在这一切都不重要了，此刻我比任何时候都恨这家店。

"是的，"周小姐看见我微笑了起来，"考虑再三还是想忘记那个人，请帮我做我的爱情标本吧。"

"真的舍得了？"我记得上一次聊起来她还是对前男友依依不舍的。

周小姐的笑容很漂亮。她点点头，"决定了。"

今天我没有时间也不准备再阻拦她了——老洛不知有没有清醒，肖聪随时都可能回来，二楼还有一个被绑着的男孩，三楼则还有一个被催眠的老太太。

而我，我还有一个标本，不，一份爱，需要寻找……

我必须尽快把周小姐打发走。

"好的，把你的爱情信物给我。我这就给你准备合约去，标本的制作周期是五个工作日，因为现在是新年，你恐怕要等……"

我停住了嘴，因为我看到她从提包里拿出了一样东西。

我认识它，是的，我太熟悉它了。

一封信！

一封厚厚的信！！

厚得好像一本书的一封信！！！

周小姐的眼睛里闪着泪花。

"这是我的爱情信物，是我写给我的前男友的。我想忘掉和他有关的一切事。"

此刻我的脑子有点不够用了，我的信？"她"的信？

难道——

周小姐，也就是"她"走了过来，伸出手轻轻地抚摸着我的脸……

这一刻我感觉到了，是的，是"她"，虽然是个陌生人，却散发出某种令我熟悉的气息。原来是她。可，怎么是她？

我以为自己就要跳出苹果了，却突然发现自己还是那只小虫子。

"我离开你的时候真的想彻底把你忘记，可我来到了标本店却犹豫了起来，楼下的吴太说她卜了一卦，说如果考虑超过三个月还想'遗忘'再去找他们。我听了她的话，三个月后，也就是上周，我终于下决心要忘记你，可万万没有想到，我遇到的标本师竟然就是我最想忘记的人……

"其他人遇到这样的状况可能会惊讶，可对我而言，我已经无数次见识过你忘记我的模样，所以也就习惯性地再次配合与你'相识'，但没想到这次你竟然会劝我说'遗忘'只是一种不负责任的逃避，不会带来真正的快乐。这太不像你了！你自己明明也是这么做的，却反而阻止我……

"当时我不知该怎么办，只好先离开。直到昨天洛先生打电话问我，是不是认识你，因为你以前的标本都是由他制作的，他记起你来了，也就找到了我。可就在刚刚，肖老师从医院打电话给我，他说你可能已经记起来了，所以拜托我去你家找到这封信来找你……"

我已经说不出话来。

风铃哗啦哗啦清脆地响起来，一股冷气扑面而来，肖聪回来了，此刻他站在我面前。我们只分离了几个小时，我却感觉与他分开了几个世纪。

"对不起，我没能更早认出你来。"他说。

我怎么还能让他说对不起呢，"是我错了，一开始就是我的错。"

肖聪第一次显得如此平和。他说："该说对不起的是我，我说过只要爱情无从比较，就不会有任何区别，我想我也许错了。标本店的记忆移植是完美的，但爱情不仅有记忆这么简单。"

"我该怎么办？"我看看他，再看看周小姐——我的"她"。我再次问："我该怎么办？"

7

新年夜。

马上就到新年了。窗外的雪停了，踩上去，咯吱咯吱地分外好听。

ᕁ

　　肖聪问我："你确定要这样做吗？"我点点头，"就让我跳出这只苹果试试吧，我宁愿爱得痛苦一点，也不愿自欺欺人地快乐下去。"

　　我牵起周小姐的手，问她："可以吗？"她也点点头，"我已经接受了你四百三十五次，不在乎再多一次。"

　　肖聪职业病地再次嘱咐我们两人："万一想'遗忘'的话还是有机会的，毕竟你们的过去千疮百孔……"

　　我终于知道他为什么是标本店的"头牌"了。

　　临行我要交代"头牌"一些事。

　　"第一，等吴太醒了，告诉她我下次一定来听她的爱情故事。

　　"第二，帮我问曾少一个问题，可有人爱过真正的你？

　　"第三，我来过四百三十五次老洛都没有认出我，请问他是怎么接待客人的！

　　"第四，如果你能找到你的爱情标本，或许你也可以试试找回你的记忆。

　　"第五，也是最重要的，告诉曾老板，如果爱里没有痛苦，快乐的滋味就和痛苦一样。"

　　远处的夜空中亮起了烟花——照亮了两个千疮百孔的人破镜重圆。

看签名的人

古时老百姓幻想如有日能飞黄腾达，必须顿顿饺子加油条，东宫娘娘帮烙饼，西宫娘娘帮剥蒜。人站在高处回看，一览众山小，什么都明白，可在山脚下往上看，却空山不见人，云深不知处。

1

第一次见先生，他盯着我说："你脸上那颗痣不好，我劝你把它点掉。"

管得真宽！

吃了一会儿饭，他又说："看你的面相，你的命不错的，有贵人相助。"

我敷衍地笑笑。

快走的时候，他对我老板说："这个姑娘不错的，旺你。"

我就这样被钦点当了"旺财"。"旺"是种说不清道不明的气场，我或许应该高兴，可其实这感觉糟透了，一种我不自知、不可控的能力，听起来虽是称赞，想抓住却又难上加难。先生的随口评语，如同在我没要求他之前就给我卜了一卦，却还无解，真是烦躁。

2

那次是先生、我老板和我的第一次见面。我老板和他并无直接业务往来，只是碍于中间人情，交个朋友。为了免于两个人无趣，遂带我添趣，而先生倒也识趣，少彼此试探，多谈论风物，这才说起我来。

老板反倒来了兴趣，"你懂看相？"

做生意的人最理性，又最迷信。饶是我老板年纪轻轻，也吃这套，最爱玄学，看相算命、易经八卦，都略研习，一般人怎么聊得过他，而先生一脸无辜，眉眼间无比坦诚，典故、引文、正史、段子，说到哪儿都是信手拈来，讲历史引人入胜，说笑话活灵活现，实在让人惊叹。

一顿饭的工夫，我老板就成了先生的粉丝。在我看来，先生完全知道自己的魅力所在，又表现得从不相信别人也能看得出这一点。强者以弱示人，不知深浅者，最为深。

先生从此引起了我的注意。

3

听说，先生家世赫然，祖辈是淞沪会战的名将，父尊母贵，加上他是独子，掌上明珠，聪慧过人，从小就看巴尔扎克的书。他自己倒不以为然，说年轻时，尚有些许才华，现早已江郎才尽，只剩几分看人的能力，最多是年纪帮的忙。

先生的第一桶金，来自他做律师时的案例。对方要收购一栋商用办公楼，让先生的律所协同实施，三两下未果，客户又有了新目标，后来就不了了之了。先生倒是看准了门路，出手利落，自己凑了点钱买下了那栋楼的经营管理权，就此成就了后来的财富。

先生律所的合伙人，是一位业内知名的奇女子，人漂亮，活得也漂亮，是先生的事业搭档、知己、情人。二十几年过去了，不见他们修成正果，却也不见分道扬镳。两个人都这么理性、神秘，也难得。听说后来先生渐渐退居了业务幕后，修心养性，喝茶读书，把公司全部交给了那位奇女子打理。这么说吧，男人甘于做女人背后幕僚者，寥寥无几，先生也算朵奇葩。

如果先生确是朵奇葩，我老板就是个偏才。他比先生小两轮，是个学霸型的创二代，从小含着金汤匙出生，投胎就是他的第一桶金。老板去伯克利上大学，带着他老爷子送他的一辆法拉利超跑。

在伯克利他发现学校里世界各地的富豪子女每日只做三件事：购物、运动和派对。作为同类，他既没有投身其中，也没有嗤之以鼻，而是一拍脑袋，做起帮富豪子女写论文这个生意。华人传统和西化逻辑在此刻显示出 1 加 1 大于 2 的正能量，他一边推销做作业生意给身边的有钱人，一边散发作业给刻苦努力又囊中羞涩的穷同学。业务越做越大，到大学毕业的时候，他已经买到了第七辆超跑，由此开始了第二个生意。他开了一家出租豪车的超跑俱乐部，给那些想在人前露脸的中产阶层子女提供一周七天不重样的速度与激情。

偏才和奇葩往往惺惺相惜，能在人群中一眼相逢，忘年敬慕。

4

先生不以玄学给别人支招，除了签名。

"为什么是签名？"我问。

问这话的时候，老板和先生已成挚友，邀请他出海。这艘游艇是老板的新宠"朱丽叶号"，艇身有烫金烫蓝的花体英文 Juliet，清晰秀丽。我们在游轮甲板上喝着起泡酒。可夏末的阴云转眼就来，公海的海风吹得我浑身发抖，浪来的时候胃里一阵阵痉挛。

"字如其人，没听说过？"先生戴着个大墨镜，丝毫看不见神色，"你是什么样的人，就只能写出什么样的字。"

"那你看看我的？"

我随手拿起航海日志上的笔，在餐布上写了一个名字给他。

等一下，我不是很烦他的吗？为什么要去招惹他？

"再写一个。"他只瞥了一眼就把餐布扔回来，"签连笔的，别断掉，认真写。"

我按他的要求重新写了名字，海浪晃来晃去，连笔也连得坑坑洼洼。

我就是想看看他道行有多深。

他接过去，眉毛一皱，明显话到嘴边却又吞了下去。他端详了几秒，又说："不过，我倒是喜欢这大气。"他看向我，我的五脏六腑正翻江倒海，被他看得心慌。

"怎么了？"我问。

"你挺贪心的。"他看看那签名，改了口，"心高。"

他能看出我的不悦，又解释："不是不好，人人都想不劳而获，又眼高手低，都想够到更好的东西……"

"够不够得到，没有试过，怎知道不行？"

我倒不是想否认，而是受不了他这种信命之人，以命为名，说尽自以为是。

"我说了，不是不好。"

我倒是好奇了，问道："怎么看出来的？"

"你看，这一笔，都写到天上去了，还不高？"

"就凭这一笔？"

"不光这一笔，整个气势都如此。"

"什么气势？"我盯着自己写得七扭八歪的连笔，什么也没有啊。

先生却不看签名，转而看我，说："你年纪轻轻，每天陪在一个身家几十亿的人身边，不卑不亢，毫无所图，这不就是贪心的气势吗？"

这是好话，还是讽刺？

"我哪这么有心机？"

他再次看向那个签名，说道："还是改一个吧，写写看，改好了我帮你看看。"

正说着，我胃里的酒气酿成了气压泵，我惊恐地捂住了嘴。出于好意，先生把我按在了甲板的围栏上，拍打我的后背，我翻江倒海地吐了起来。海风飕飕地把秽物吹开，啪嗒啪嗒地全都打在游艇艇身烫金烫蓝的那几个字母 Juliet 上面。

如同一个恶心的凶案现场，行凶者和受害者自己都被自己的所作所为惊呆了。

5

R 酒店是家新开在北京的精品酒店，虽没有那些奢侈气派的国际连锁五星级酒店名气大，却是我老板的心头好。能无意间约在我老板最爱的这家酒店，可见这位要见面的客户，应该是个有缘人。

会面貌似顺利，客户从头到尾都彬彬有礼。我几乎以为今天会是个好日子，谁知客户走了，老板却一脸失望。

我不懂。

"花时间研究我，不如花时间研究事儿。"他说。

哦，原来一个做足功课的客户，也可能因做太足功课而败，怪不得《孙子兵法》也不过薄薄一本，却数百年无出其右，实在是审时度势太难定对错，巧法异术又太易以讹传讹。

老板留下我结账，去了卫生间。过了十几分钟，他才回到餐厅，恢复了精神，笑得合不拢嘴。

"怎么了？"

"厕所门口遇到吴峰了！看签名那个，还带着一个妹子。"

我心里咯噔一下，醋意暗涌。

"没想到吴老先生还真会玩。"老板因为这八卦心情转好，"唉，好怀念我的高中啊！"

这两件事前言不搭后语，我没懂。

"伊顿的厕所夺走了我的童贞呢。"

伴着老板略显放浪的感慨，我们走出了酒店。旋转门一扇扇从我眼前转过去，玻璃反射出 R 酒店大厅的水晶灯，无数褐色和金色的棱镜切面中，我面色如柴。

我终于明白，先生为什么说我贪心……

我喜欢上了一个自己够不到的男人。

6

我花了一周，写满了两个记事本，把我能想到的每个签名法都试了好多遍，择其优者发给了先生。

接下来的几个小时他都没有回复，我略有些气恼地准备睡觉时，他才回我，问我的地址，要来找我。在等待他到来的过程中我反复告诫自己，他的学识情商、才华财富，全高于我，我想高攀他就承认。成年人的套路简单直接，两情相悦的人总是心领神会，若连这点感觉也没有，便不必争取。

先生是坐着一辆七座的小巴来的，这年头用 Uber 打到小巴的概率恐怕也只有先生这样的极品才匹配。我走近了，发现他浑身散发着说不清是苹果还是皮革的味道，衬衫上面两颗扣子是解着的。

"饿不饿？"他显得有点疲惫，"陪我吃夜宵去。"

我并没有邀请他上楼，他却邀请我上车。小巴车司机的眼睛直线看路。先生和我坐在后排的座位上。车子一路开着，他一个个地指点我的那些签名。

"这么草草带过的，这是懒。

"笔画胡乱写在一起的，人也会乱七八糟。

"结尾要扬出去，这一笔越长越好，这是晚年。"

他竟然认真地和我讨论签名。

小巴司机带着我们穿越半座城市。我有点烦躁，对先生如此看重这套签名的逻辑甚为不解，这不是伪科学，甚至连伪玄学都算不上，这么认真干吗？

"你这么会看，帮我设计一个呗。"我试图结束这话题。

"这哪行，我设计出来的，你不一定能写出来。再说，那是作弊。"他顿了一顿，"我不能把你带坏。"

我不说话了。

他慢慢转过头来，几乎一字一顿，"这么好的姑娘，怎么就写不好自己的名字呢？"

他的手修长有力，覆盖上来撑开我的五指，用力地攥住了它们。

7

三个月之后。

我趁先生去国外出差一周，在女朋友介绍的一家推拿美容院点掉了脸上的那颗痣，正好等他回来，印记也能消得差不多。

我努力不表现出女人陷入爱情的粉红心，可嘴角不时扬起的笑意，谈过恋爱的人怕是都看懂了。老板却没对我的反常有过多反应，最近公司业务繁忙，他无暇关照我，只是对我日夜加班还能如此欢快表示肯定。

"心态好，运气也不会差，你们多学学小宋。"

对老板，我略微有些愧疚，但我自己也说不清为什么——如同在一个凶案现场，受害者浑然不觉，当事人谎言重重。

科学家说：男人过了三十八岁所有生理指标都开始走下坡路，任凭健身增肌吃蛋白粉也无法改变这一点。事实上我喜欢不被满足的感觉，这让我清醒。人清醒时往往比较安全，激情是犯错误的前兆。话虽这样讲，我还是忍不住想让他开心点。

"还想来一次。"

"让我歇会儿，别要了我这条老命……"

他很会自嘲。

强者以弱示人，不知深浅者，最为深。即便是此刻，我仍担心他看穿了我的客套话——我或许没有自己想象的那么清醒。

何况，我爸的夺命连环 call 已经打到了第四个。

嗡嗡的振动声再次响起来时，先生问我要不要接。

"是家里人？"

我嗯了一下。

"父母的电话还是要接的。"先生拿起手机递给我，我摇摇头，他自己接了起来。

"喂，您好，伯父，我叫吴峰，是小宋的朋友，是、是的……明白明白，和小宋聊点事情，时间不知不觉就过去了……我这就送她回家。"

先生的坦白让我不知所措，帮我接听电话这件事又令我们的关系欲盖弥彰。

"什么时候都不要怠慢家里人。"他都没让我和我爸解释一下，就挂上了电话。

8

脸上的痣印记消了之后，先生依然没有回来，我有种不祥之感。微信上他一直都在，只是话少，或过了很久才回，并且翻来覆去只有那几句话"很忙""很累""很多会要开"。

或者是：

"下次见面说。

"找时间细说。

"回去和你说。"

微信虽然是个现代化的通信工具，但遇到真正的大事时，微信最难以表达、解释、追问、洞见。我深信，先生出了事！

又过了一周。

我想，会不会我想错了？

再一周之后，我几乎可以确定。

我被他甩了。

9

R 酒店最负盛名的是早午餐，老板喜欢的是水波蛋。鸡蛋非要在这种情调下才能吃得好，这恐怕是有钱人的怪癖好。水波蛋也就罢了，还要喝香槟，多了还不行，没有酒量，会醉；少了也不行，没有情绪。反正有钱任性，他既然请了我来吃，我便来。

可我完全心不在焉。

"嗯嗯，好吃。"老板说，"你吃啊。"

"我不爱吃溏心的。"

"半溏心也好吃，这要多煮一分钟，不然就硬了。"

我在老板热情的推荐中切开面前的水波蛋，滑嫩的蛋白中立刻流出来金黄的蛋液。我叉起一小块，不情愿地吃着。

"看着简单，却特别容易做坏。蛋白包得好不好，溏心做到什么程度，特别考验煮的火候。火候是什么？你说！"

我本以为他在自说自话，根本没注意他提的真的是问题。

火候是什么？

呃，我卡住了。

如果说恋爱时我还能避免别人看出自己的心情，在失恋时已然完全顾不得状态。我的走神显而易见，老板的提问打了正着。

他仿佛突然想到了什么，说道："对了，你还记得看签名的那位先生吗，吴峰？"

我对别人叫先生的名字敏感而惊慌，故作镇定。

"怎么了？"

"他快完了！"

"啊？！"

老板嘬着香槟，同情地摇着头。

"我以为他懂得自保，没想到他也太自信了，被自己人戳了一刀。

"好像出国了，先躲一阵子吧，这焦头烂额的……

"他要重回董事会，难啊……"

老板口中的自己人，就是那位奇女子，方平，公司的一把手。商业你来我往之间，连最亲近的伙伴朋友都会反目成仇。我强压着自己的惊讶。

"他会处理好吧？"

"他完了。"老板吞掉了最后一口香槟，仿佛宣判了先生的死刑。

我不懂。他不是很会算命吗？他不是个中高手吗？怎会被倒打一耙，让自己落到这般田地？

"快吃啊，冷了就硬了。"老板讲完这一段插叙，回过神来，盯着我的盘子。

水波蛋要火候。先把蛋打在碗里，才进锅去煮，碗里要有温水。有人说加盐，有人说加醋，有人说什么都不要加。煮个鸡蛋好不好吃况且差异如此，做生意、交朋友、共患难，火候只会更难。

原来如此。

10

上海的弄堂有一种不现实的美好。修石库门的工匠故意雕出来的西洋浮雕，当时的抄袭，成就了现在的创新。从那时到现在，土洋结合的怪诞从未变过，局促狭仄的亭子间，横七竖八的万国旗，这就是先生长大的地方。

我无心闲逛，来到这儿只有一个目的——这是唯一可能找到先生的地方。

我请了年假，跑来了上海。记得先生说过，他忘不了老上海的弄堂风，小时候放个大脸盆一壶热水就可以洗个澡，擦干净了弄堂风吹过，湿润、凉快，小孩子蹬上个小裤衩就蹦蹦跶跶地跑出去耍。

得知先生出事了之后我一夜未眠。鉴于我已知所有的联系方式都已经找不到他，我决定到上海来和他家老太太碰一面。这是着险棋，陷我自己于"关你屁事"的呛声之境，但思来想去，竟别无他法。

我以为这是唯一正确的做法。毕竟，他本是我够不到的人。

先生的爸爸是七年前去世的，糖尿病。老太太和姑姑们后来去美国住了几年，但不习惯，又回来上海，好在老房子的地点优越，重新装修之后焕然一新，老太太和姑妈家就搬到了一起住。他家的地址是我无意间看到他的机票寄送单记住的，是不是真能找到地方我没有把握，能不能问到线索我更毫无期待。

我已经搞不清这是险棋，还是我忘了自己到底想要什么。

老太太家算是闹中取静，我敲了门没有人回应。或许去遛早了？我在附近的咖啡馆吃了顿早餐又返回来，快十一点了，依然没有人回应。我正想着下一步如何是好，街口突然走来了两人。我定睛一看，两个女人，都是六十几岁，穿着蓝绿条纹和黑色暗花的改良旗袍。一高一矮，容貌间有些神似，显然是两个讲究的老妪姊妹。会不会是她们？

老太太身后，还跟着一人，提着两袋子菜，颀长的西芹叶子坦然地冒出袋子，随着他的脚步摇头晃脑。

我忍不住抖了一个激灵，是他？

先生一个几十岁的老男人，像个小学生似的，跟在两个老太太身后，拎着个菜篮子！

我下意识地想把自己藏起来，却似乎挪不动步。

他不是在美国吗？他不是焦头烂额吗？他不是忙着救他的公司吗？

好像一切都是错的。

11

我和先生对坐在隔壁弄堂的咖啡馆里。

他邀请我去家里坐。那两个老太太中我以为其中一个是他妈妈，结果他说，他妈妈回了美国，这两位都是姑妈。他虽惊讶于见到我，却神态自若。两位姑妈客气地问候，反倒让我不好意思。

他家一共四室一厅，已经被改造成现代居室。红木家具还看得出旧日气派，墙上挂着大家族的黑白合影。先生给我倒了茶，但没有机会坐下聊，要先帮着做午饭。

"什么时候都不要怠慢家里人。"他还是这样说。

两位姑妈闲话起来，说张家的鱼比李家的新鲜，老王的红菜薹不如白菜薹好吃，街口那家新的蛋糕店东西味道怪，细碎软嫩的上海话最适宜说市井之事，我却连一半都听不懂。

先生的样子无二，只是略瘦了些。我想来想去，只能问出来一句：

"你怎么样？"

他活生生地在我面前，还能怎么样。

他说："怎么一声不响就跑来了？以后要提前打招呼，知道吗，不然我会担心，一个女孩子不安全。"

这个世界让女孩子不安全的事很多，高攀却是其中最隐秘的一种。

高，一头栽下时自然明白这有多不安全。

我在复杂的尴尬中吃完了姑妈的饭。让两个老的下厨房招待我这么一个鲜活年轻的不速之客，实在不好意思。可先生说没关系，毕竟是客，我又心生芥蒂，仿佛他家总有这样的客来访。

我心里有几百个问题，此刻却一个都问不出口。

直到我帮着两位姑妈把碗筷都收拾干净，浇了花，喝了茶，她们要去午睡，我才和先生出来，到旁边那家咖啡馆坐下。

"我说一句，你不要害怕。"他坐下来的第一句，就是这句，"我在这儿做什么事、见什么人、说了什么话，是有人看着的。"

我着实没想到，是有人看（四声）着，还是看（一声）着，我心想了一下，没问。咖啡馆开在弄堂里，弄堂风吹过，果然一凉。

"公司的情况……是不是很糟糕？"

"只是有点累。"他好奇地盯着我，"你呢？"

"老板特别忙，你也知道他，经常好几天都不见人。"

"哦。"他顿了一顿，"你的签名改好了吗？"

"都什么时候了，你这么相信这个，干吗不给自己改一个？"

"我啊，我有一劫，逃不过去的，改了也没有用。"他总是有的说，什么都是被他说对了。

我的手机适时地响了起来，来电显示是老板，他焦虑地询问我的护照号码。

"护照？为什么？"

"出差，我们明天就走，你取消年假吧。"

工作是我的职责所在，我不应该提出异议。先生耐心地侧听，待我挂上了电话，他便明白我要走了。

他沉默着，甚至都不开口让我留下。

"我能帮你做点什么？"我问他。

他脸色阴沉。

"要走了？"

"出差，迪拜。"

我从未见过他如此阴沉。

"怎么去那里？"

"公司最近的收购，忙好一阵子了，一个离岸公司。"

"好好照顾自己。"他来了这么一句。

我再次重复我的问题："我能帮你做点什么？"

他似乎累了，眯起了眼睛道："好好把签名练好。"

他怎么还在说这个？！

我噘起嘴，可转念一想，我对先生来说，还真是一无是处。

12

我离开上海，飞去迪拜。只有我一个人从上海离港，到赫尔辛基转机，然后到达迪拜和大部队会合。

在芬兰转机时是国内的清晨，不到五点。我惊讶地发现先生留了好几条微信给我，都是语音留言，问我到哪里了，会在迪拜待多久，住在哪里云云。我忙着回复先生，却发现他还没睡。原来男人只有在最落魄的时候，才能认识到女人对他们的好。我忍不住窃喜，想象他的世界万籁俱寂无一人清醒，我的世界四下人声鼎沸却都是路人，可只有我们俩，天涯咫尺，心心相印。

“你要好好照顾自己。”机场开始广播登机，我最后说。

“我更要好好照顾你。”

这是我听过最好的情话，从先生嘴里说出来，难得。

我登机了。

旅程无聊，飞行中我只好练习签名。机舱灯灭掉之后，乘客们大都沉沉入睡，我却失眠了。

如果先生就此变成了一个普通人，甚至一个比普通人还不如的……犯人，甚至一个比犯人还不如的……穷人，我还爱他吗？哦，对了，我爱过他吗？

　　飞机穿越南极，一片片说不清是朝霞还是晚霞的七彩斑斓从飞机机翼尾巴上溜走。天空中布满了交错的线条，由浅变深，由红变蓝。流动的云在天上雕了一座城堡。所有的线条都飞奔了过去，向我视线可及的远方延展。最后城堡吸蚀了一切，只剩下无尽的黑夜，裹起了那些光，一点都不外泄。

　　我回想和先生一路走来，这无缘无故的顺从、取悦，这一厢情愿地寻找、宽慰，这喜忧参半的共渡、患难……

　　是的，我爱过他。始终爱他。

　　13

　　我们本来约定在迪拜的阿玛尼酒店见面，可我从下了飞机就打不通老板的电话，只好直接到酒店前台去查预订，可中文名、英文名和昵称都报上了，前台仍然没有我的名字。

　　我疑惑，难道我记错了什么？

　　前台的彬彬有礼和毫无热情是时尚高冷的，和我的狼狈相映成趣。快三十几个小时没有睡觉，我顶着黑眼圈委屈地站在前台，却得不到一点同情的待遇。

　　我点开了先生的微信，告诉他："我到了，一切妥。"

　　微信弹出了一条信息，我瞪大了眼睛。

什么？

微信显示我们不是好友。

手机丢了？微信坏了？还是？

才一夜飞机他就把我删掉了？

我对着手机瑟瑟发抖，拥有模特般身材的那位前台的脸上露出了一丝同情。

"宋小姐，我们的确有过一个同名的预订，但在昨天刚刚被取消了。"

我不懂。

但我已经不在乎什么预订了。

我反复核对我和先生的信息。他的电话永远在占线中，没有人接。我查到了那家弄堂咖啡馆的电话，可对方甚至都记不得这位客人。我后悔没有问过两位姑姑的联络电话，翻来想去，最后一招，我把电话打到了先生的公司，找的是那位奇女子，方平。

我必须背水一战，现在只有她这条路。

接电话的可能是秘书，她说方总出差了。我再追问，一无所获，最后只好胡诌，说我这个电话是从迪拜打来的，国际长途，非常重要，这下子对方倒是立刻热情了起来。

"哦，方总本来是昨天去迪拜的航班，取消了，是不是还没通知到您？"

她要来迪拜？做什么？

"真对不起，方总说收购有关的行动全部叫停。"

收购？

"那现在方平人在哪里？我怎么才能联系到她？"

"您是哪位？要不我记下您的名字？"

我啪的一声挂掉了电话。

14

是时候讲讲我的事儿了。

对，这故事你读了这么久，其实还不很了解我，对吧？

我出生在重庆，一个鱼龙混杂的地方。我小时候寡脸红皮，头发又浅又少，仿佛一只小猴子。母亲看我也是多余，和父亲离婚的时候，她甚至都没有要我。确切地说，我爸当时也不想带着一个女儿，因为他有个小三，她不愿意。即便没有小三，我父母这一对男女也不应该结合在一起，这是那代人的悲哀。可后来我还是跟了我爸，这一点我颇感谢他。至少他还原了我一个家表面的样子，直到几年后小三离他而去，爸爸也认了命，承认自己在和女人相处这件事上能力不足，根本不适合婚姻。那之后爸爸反而放松了，待人处事再没有以前的急躁，只是一下子老了很多。这一点我帮不了他。

后来我考上了南京大学。即便家里一直知道我是个学霸，南大的名号还是让我爸扬眉吐气了一番，就连我妈也忍不住隔着电话赞我，哪怕那些话说起来更像是给她后一任老公的不学无术的熊儿子们听的。

"我们家宋真是越来越像我了。"她甚至会这样讲。

从那时候开始我就自己走路了，人生的路，从南大的本科到复旦的研究生再到哥伦比亚大学的奖学金，我就这么走过来直到今天。

想够到更好的东西，有错吗？

"你没有试过，凭什么说不可能？"我想起第一次见先生时说的话。

15

阿玛尼酒店是 Armani 先生全程参与的超五星级酒店，从设计风格到家具布局都带着品牌特色，套房的价格在一晚一千多美元，又贵又豪。

我何德何能享受这样的一夜。

坐在这样一间世界级酒店的大堂吧，我已经四十几个小时没有合眼，第三杯马提尼提醒我即将醉生梦死。

"愚蠢！简直是愚蠢！"我老板坐在我对面，呵斥我。

"我是千想万想，没想到是你出卖了我！"显然他的怒火已经酝酿了十几个小时，等见到我时终于爆发。

挂上给方平秘书的电话，我的小灰脑细胞才从对先生出事的担忧和对老板消失的疑惑以及最近所有的事中捋出来一点东西，顿时不寒而栗。

老板终于适时地出场了。

他是直线条的人。我在芬兰上空练习签名时，他取消了全体随行人员原定的全部行程，却一个人飞来和我在这异国他乡摊牌。

我已经猜到了几分。

我们公司的收购对象，其实就属于先生和方平。商业世界的层层保护，就像拆开一组俄罗斯的套娃娃，从小到大，或从大到小，一个壳子套着一个壳子。谁能猜到这个被收购的公司，正是通过嵌套离岸公司的方式控制着先生的中国公司……果然，他是幕后高手，悄然无息地用毫无关联的企业和名字梳理和隐藏自己的海外资产。简单而言，一旦收购成立，我的老板几乎就能吞掉先生了。

还记得吗，偏才和奇葩往往惺惺相惜。

想反客为主，少不了内应，我老板的内应就是方平。至于这件事是从何时开始谋划的我无从知晓，但先生必然是最晚才知道真相的那几个人之一。

或许是让我来迪拜的那通电话。

哦，我嘘一口气，他那么聪明，猜也猜到了。

商业世界讲究风控，对人性本身则以毫无保留的低估最为稳妥。而这棋盘上唯一一无所知的棋子，便是我。

"我没有出卖你，我什么都不知道，怎么出卖你？"此刻我努力克制着情绪。

我说的是事实。

"如果不是你，他不敢肯定我是买家。"

"你如果信任我，为什么不告诉我收购和吴峰有关？"

老板气不打一处来，听到这话如同听到天大的笑话，"你以为你是谁啊？你不在我的身边，吴峰会多看你一眼？"

"他不是这么势利的人。"这一点我很坚定。

老板好像终于意识到我的幼稚完全出乎他的意料，他带着无限同情看着我，"你根本不知道他的任何事，对不对？"

不对，我当然知道。

我知道他凉快而简单的童年，知道他孱弱而动情的身体，知道他从不怠慢家人，知道他会从签名看到人心……我知道他这么多事，怎么能说我什么都不知道呢？！

在老板的注视下，我的脸色越来越冷。

我根本不知道他任何事，对吗？

16

魔术师变魔术的要诀是让观众自欺欺人。

请仔细看哦，请看清楚哦，你自己说你是不是看清楚了？

等你自以为看了个透，其实已经中招，手法已经完成，剩下的只是套路。

"我很小的时候，老爷子就和我提过吴峰。我爸的原话是'不可怠慢，敬而远之'。我刚认识他时低估了他。"老板自嘲道，"对，那个妹子，就因为那个厕所打炮的妹子……我就想原来吴峰也不过如此。"

还记得吗，人站在高处回看，一览众山小，什么都明白，可在山脚下往上看，却空山不见人，云深不知处。人们自认为有地位名利之人，必在意身家形象，必懂藏私藏拙，却不知低手做生意心虚，因怕露怯所以夸大其词，高手却是自曝其短，授人以柄以静观其变。先生只用了一招，就卸下了老板的防备。

"大家都以为是吴峰漫不经心，其实都是他运筹帷幄。"

"方平甘心给他当枪，还当了那么多年，怎么可能没有怨？"

"他那么多疑，即便我小心谨慎，他还是安了个你在我这儿。"

先生没想到方平胳膊肘朝外反戈一击，正如我老板没预料到我会和先生走在一起。我苦笑说："那算我走漏风声，害你没有收购成。"

啊？

"没收购成？收购完啦！"

"都摊牌了，还何苦跑这么老远，别傻了，小姐。"

"你只是让我多花了几个亿而已。"

啊？

能看透局面，自然知道如何力挽狂澜。先生也不是坐以待毙的人。我猜他这样的奇葩有的是砝码和底牌，才能让我老板这样的偏才多付出几个亿的代价。

"亿啊！"他重复道，"你这么个丫头！这是钱啊，美金！"

老板似乎在讲笑话，但越说越凶。

"你是个贪心的姑娘吗？"他认真地问我，却又自问自答，"我宁愿你是！

"贪心的人懂得利益交换，但无所图的人连自己几斤几两都看不清楚！"

停顿。

"可悲的是，你真的喜欢那个家伙，对不对？你明明可以甩了他，不理他，如果你没去过上海，如果他不知道我在迪拜，你想想会怎样？想一想……我们此刻，多么高兴……"

老板沉浸想象中几秒，然后自嘲地笑起来，笑到我的世界都在旋转跳跃。

"你在两个这么贪心的人身边，却这么不贪心，不牺牲你牺牲谁呢？"

什么？

"亲爱的，你该走了，"老板认真地说出了他对我的最后一句告诫，"这不是你的世界。"

他留下我一人，穿越大堂吧向前台走去，伸了个懒腰。

"我必须休个假了！"

临走几步，他又想起了什么。

"对了，吴峰让我告诉你一句话，他说——

"字如其人是假的，人只相信自己愿意相信的。"

17

三个月后，我在新闻上看到先生和方平结婚的消息。

老板当了伴郎。

合影中每个人都笑得合不拢嘴。

"碧池"乔娇娇的前半生

1

确切地说，乔娇娇成为一枚超级"碧池"，除了天资过人，还源于多年的努力不辍。

大年初四，散际天涯的几个高中闺密好不容易凑到了一起喝酒，席间刘珊面如菜色，细数老公在她怀孕时变心劈腿，她捉奸流产，痛定思痛，然后毅然决定离婚翻篇，重新做人的九九八十一难之后，乔娇娇忍不住插嘴："离婚，真幸福呀！"

其他闺密集体翻了白眼。

乔娇娇说："可不，你还得谢谢你老公呢，与其在半死不活的婚姻里吊死，不如趁你年轻又没孩子赶紧再找一个。"

刘珊一下子掉了脸。

有人打圆场说："塞翁失马，焉知非福。别急，刘珊，肯定有更好的男人在前面等着你呢，放心吧。"

乔娇娇一边吃掉自己酒杯里的橄榄，一边摇头说道："别不着急了！我要是你，赶紧捯饬捯饬自己，天天相亲去，都多大了，再等黄花菜都凉了。"

刘珊忍着眼泪，死死咬着吸管。

这时又有人安慰刘珊道："我觉得男人就喜欢你这款的，温柔又顾家，不管男人怎么玩，找老婆还是要找你这种。"

乔娇娇这时又语重心长地说："你老公出轨你肯定也有责任，你总这么冷冰冰的，男人工作压力那么大，哪有时间哄你？点半天火都点不着，换我也得出轨呀！我可是当你闺密，才跟你说这些……看你穿的，赶紧把高领毛衣扔了吧。"

刘珊就差当场掉泪。

小白看不过去了，转移话题问她："娇娇，你和你老公怎么样了？"

"这年头，只要有钱和闺密就够了。"乔娇娇眼睛眨都不眨，转而又兴奋地娇嗔，"对了，我给你们讲讲我网上新认识的那男人吧……"

2

曾经，小白记忆里的乔娇娇可不是这样的。那时的乔娇娇是个彻头彻尾的女汉子，竹竿，一米七八，骨瘦如柴，方脸塌鼻。运动会跑一千米没人愿意去，可她每次都会去跑，虽然总是最后一名。她个子高，所以班上大扫除总安排她擦玻璃，她能顺便把窗帘架都抹一遍。学期排行她混迹在中流偏下，上课爱看言情小说，是《流星花园》的超级粉丝，对言承旭舔屏花痴。

乔娇娇那时候几乎没什么朋友，除了小白。

乔娇娇人生的第一次改变，是学校里来的一个韩国交换学生，中文名叫朴一星。

泡菜国人才辈出，口味独特。不知怎么，朴一星竟然就爱上了乔娇娇。他那静如豆芽、瞪若绿豆的眼睛，远远地注视着她，凝重地、深情地放电。

"古力古力古力古力古力……思密达！"

"嗯，好的。"

"阿捏阿捏阿捏阿捏阿捏……擦朗嘿！"

"嗯，谢谢。"

即便是人生中第一次明确被人追求，在享受这听不懂的甜蜜的同时，乔娇娇却也清醒地明白，这男人，她不喜欢。

一般女孩这时候不外乎两种做法：要不先 hold 着，追追再说；要不先谈着，处处再看。

可乔娇娇不是。

"碧池"潜力股乔娇娇向朴一星提出了当时最先锋的婚恋理念：不以结婚为前提的谈恋爱都是耍流氓，尤其是我们中国女孩，端庄贤淑，从一而终。

"我爸担心谈恋爱影响学习。

"我爸担心你会对我不好。

"我爸担心我和韩国人在一起，被别人说闲话。"

所以，唯一的解决方案是——结婚。

朴一星同学一方面感动，一方面震惊：原来中国女孩子真的这么孝顺善良、贤良淑德。

"她一定是特别特别特别特别……特别爱我。"

朴一星是基督徒，习惯感恩上帝，另外感谢中国。

就这样，十九岁的生日刚过，乔娇娇竟然就这样把自己嫁给了朴一星，之后同他一起去了韩国。

3

在这里不得不提一下乔娇娇的父母了。

乔妈妈是白富美，当年贵州省最大的丝绸厂的厂长女儿，身家显赫。至于乔爸爸，屌丝有余、干部不足，普通小伙一个。当年，乔爸爸觉得和厂长女儿谈了恋爱，自己这后半辈子算是衣食无忧了，可没想到"文革"一闹，风云变幻，等乔爸爸再回到贵阳，白富美早已经家道败落，物是人非。

夜深人静时，乔爸爸曾动过和厂长女儿一拍两散的想法，可看到美人楚楚可怜孑然一身，尤其是她还为他堕过一次胎，乔爸爸把心一横，算了吧！那年代男人的渣位还未进阶，乔爸爸最终还是和乔妈妈结了婚。

婚姻就好像一场赌博，选择和什么人结婚就如同选择赌什么游戏。德扑有德扑的打法，21点有21点的打法。乔爸爸的打法，本想把自己嫁入豪门，结果被豪门拖累，他自觉，是时运不济。

乔爸爸从此成了一枚坚定的机会主义分子，这一点基因被乔娇娇毫不犹豫地继承了下来。

成功成为朴太太，乔娇娇算是抓住了生命中第一次重大机会。

"因为我知道，这是我二十五岁之前最好的选择。如果我当时不结婚，我无非上一个什么大学，出来找一个什么工作，之后我还要面对婚姻，那时候我更老了，更没有资本，不一定能遇上朴一星这么爱我的人，何况还是外国人。"

乔娇娇对小白直言不讳。

说这话的时候，乔娇娇小姐已经顶着韩裔华人的头衔，离婚回国。她拉着一个三十二寸 RIMOWA 大箱子来见老同学们。

箱子打开，各种手袋，从 LV 到 CHANEL，款号不同，人手一个。

此时的乔娇娇已变成另一副样子，从前的竹竿身材变成了细腰长腿，方脸变尖，塌鼻变高，眼角开得如一潭秋水，那整容整得叫一个成功。待在泡菜国的诸多好处之一，是能让一个女人"内外兼修"，竹竿乔娇娇现在已是如假包换的白富美。

"那句话是怎么说的，女人，要对自己好一点，也要对自己狠一点。其实对自己狠一点，就是好一点。"

那一年，她只有二十五岁。

4

虽说当了白富美，可乔娇娇谈及六年婚姻，仍然会泪如雨下。朴一星的优点是简单直接，可缺点也是如此。他们的婚姻日渐出现问题，主要是因为韩国男人的大男子主义让她饱受折磨，在这种压力之下，她始终怀不上孩子。中式大男子主义要女人在外人面前给老公留足面子，回家男人尽可以跪搓板，可韩国大男子主义则是要求女人内外兼修，女人一旦成为贤妻孝妇，在家里家外都不可转换角色，曾受过高等教育的乔娇娇哪里能忍受这样的生活？

再加上她始终怀不上孩子，朴一星从口冷变到家暴，恶意渐进，她忍无可忍，便毅然扑回祖国的怀抱。

"外面千好万好，还是不如自己家好。"

这话引得同学们一片唏嘘。当年羡慕她外嫁的同学泛滥起了同情心。

"做什么都要付出代价啊！"

乔娇娇的钱，据说并不是老公朴一星的。

"当然是我自己赚的！"乔娇娇破涕为笑，"我一不怕苦，二不怕累，凭什么赚不了钱？"

乔娇娇给同学们讲了她如何在泡菜国的土地上自强不息，靠倒卖面膜赚了人生金条的故事。

同情心泛滥的同学又增加了几分敬佩。

有了钱的乔娇娇给父母换了房，给自己买了车。随后，她郑重其事地向小白宣布，她要谈恋爱！

"拜托，我从来就没有谈过一场轰轰烈烈的恋爱，我这要求过分吗？"

小白怎么能说不。

5

在这个讲究效率的年代，乔娇娇很快恋爱了。对方是个男演员，只不过有些过气。确切地说，在还没有明星一说的时代他曾参演过一部全国瞩目的电视剧，可如今却已沦落到十三线开外的境地。眼看三十有九，小时候着起来的几粒火星也快被人忘光了，再蹿红基本没戏，更何况他也没什么其他本领，始终在演艺圈的边缘混着。

男演员咖位虽低，但样貌堂堂，微笑迷人，据说那方面火树银花、卓尔不群。小白看到乔娇娇与他打起电话来燕语莺声，笑到开心处面泛桃花。

她还异常兴奋地对朋友们说："我在熬参鸡汤呢，他这几天熬夜写剧本，给他补补。

"他不喜欢我给他花钱，我才给他换了一个电视而已。他说女人赚钱辛苦，有也不能这么个花法儿。

"他说都不敢带我去他朋友们的聚会，怕我太漂亮了，被他的狐朋狗友看上，哈哈哈……"

　　私下里，小白和刘珊想过给乔娇娇提个醒："总觉得这不争气的男的不靠谱。"可面对乔娇娇热情而兴奋的描述，两人谁也开不了口。

　　小白和刘珊互相宽慰："说不定两人真成了！"

　　再怎么说这也是乔娇娇迟来的初恋啊！谁说只有第一次才叫初恋，初恋不就是应该谈那些快乐到没边、伤心到撕裂的疯狂的人吗？

　　无疯魔，不初恋。

　　6

　　光棍节那天，乔娇娇和男人去看《失恋33天》，从开场五分钟黄小仙倔强地挂断男朋友的分手电话就开始掉泪，一直哭到了终场。看完电影出来，这个城市才入十一月竟然下了雪，漫天遍地，飘飘洒洒。

　　乔娇娇转着圈仰望，"哇，好浪漫呀！你看……"都冷出了哈气。

　　夜色中不合时宜的白色颗粒，仿佛流淌下来的天河。景色美得不可置信，人间浮生若梦。

　　后来乔娇娇和别人说起来，都把这一场雪当作自己的分手现场。

　　"能想象吗？光棍节早上我还有男朋友，下半夜我就单身了。"她每次说完都呵呵地笑，好像这是件特别可笑的事。

　　原来，散场的人群里遇到了男朋友十七岁的女儿！

竟然——都十七了！

这样情况下的三人相见，场面惨烈可想而知。

三天之后小白和刘珊才得到消息。乔娇娇把这则新闻当作正片前的广告发送给了两人，轻描淡写，特此通知，连被安慰的机会都没有给自己。

"亲爱的，你要是难受，别忍着，和我们说说……"小白心疼朋友。

乔娇娇似乎完全没有时间理会伤心，她忙着剪开一个巨大的快递盒子。

"好看吗？"她说，"麦当娜！麦当娜！"

"什么？"

"麦当娜，你知道的！"她笑。

知道什么？麦当娜的人生里，她可以在舞台上穿内衣、秀乳沟，也可以在农场里养养马、喂喂鸡，她翻手和各种小鲜肉肆无忌惮地谈姐弟恋，覆手就穿得端庄优雅地给小朋友读童话书。

乔娇娇感慨："不觉得那才是人生吗？"

"哪儿？才是人生？"小白和刘珊一头雾水。

"知道自己要什么，知道自己什么时候该要什么……"乔娇娇把麦当娜穿着经典的金色圆锥胸围的大照片挂在客厅最显眼的地方，"如果别人因此叫她 bitch，管他们呢。"

"随便！"

她咯咯地笑起来。

7

直到刘珊在商场里看见乔娇娇搭着另一个男人的肩，小白才明白，自己该担心的那个真不是乔娇娇。

"你有新男朋友了？"终于两个女孩还是开了口。

乔娇娇一脸兴奋，说起她准备开一个海外代购公司，那人是她的合伙人。

"可上个月那个记者呢？"刘珊有一阵子没出来聚会，信息更新显然不够。

"他？我有一百句话等着他呢，有他这样当男朋友的吗，吃饭我花钱、逛街我花钱，我不能纯当个提款机呀！"

"那你不和他分手？"

"先冷他一阵子看看表现呗！"乔娇娇撇撇嘴，掏出小镜子补妆，看着自己叹气，"唉，我都有细纹了。"

"那合伙人靠谱吗？"

"生意靠谱就行。"

和小白想象中不同，开始做生意的乔娇娇完全不是个甩手掌柜样。她在淘宝上刷订单拍图片打电话当客服，还要去清关运货发快递，自己像女汉子一样搬箱子。此刻的她仿佛又回到了当年学校大扫除擦窗帘架的那个模样，事事亲力亲为，绝不拖泥带水。

接下来的日子似乎过得越来越快，时间就好像长了腿，跑起来绝不回头。

第一件事，高领变低胸的刘珊有主儿了，打算转年立春之后二婚。乔娇娇自告奋勇地要张罗婚礼，上到酒店、酒席，下到捧花、请柬，不知道她什么时候就都给落实得妥妥帖帖的。刘珊早忘了这是当时直戳她心窝子的毒舌女，恨不得每天和她煲电话粥讨论御夫术。对此，小白有些暗地的气恼，却说不出所以然来。

第二件事，合伙人号称"爱"上了乔娇娇，某夜喝多了到乔娇娇家撒酒疯，乔娇娇用落地灯杆敲了他的脑袋。从医院缝了针出来的合伙人，这回真的爱上了她。乔娇娇顺势把公司的业绩表现一一摆在台面上，合伙人又帮她融了几百万。生意越做越忙，头衔越来越多，认识的人越来越杂，她用两个手机，三个手机号，总抱怨微信为什么不能同时登陆几个ID。

第三件事，乔娇娇也领证了，简直就是悄无声息就把人生大事给办了。老公是家里给介绍的一个公务员，朝九晚五，老老实实。除了稳定地坐办公室，不知道乔娇娇看上了他什么。

"我想三十岁前生小孩，家里总得有个稳定的照顾小孩才行。他打着灯笼也找不着我这样的呀，还有什么可挑的。"

老公确实不知道怎么有这种天上掉下来的"馅饼"。很快，乔娇娇就怀了孕，和刘珊前后脚要当妈。刘珊胎象不稳，隔三岔五得请假养胎。乔娇娇还穿高跟鞋，挺着肚子忙忙碌碌，跑来跑去的。

旁人真的怀疑，她到底在拼什么。

"时间，时间呀！"乔娇娇学着志玲姐姐的语气，"我想四十岁退休呢！"

小白和刘珊都相信，她真的可以四十岁退休。

8

人的健忘是可爱而可怕的。旧事再痛苦，也能时过境迁，伤疤好了疼忘了。

那个第一眼伯乐，发掘了乔娇娇的前夫渣男朴一星，似乎早被这群女人淡忘了。

直到某一天，小白忽然遇见了他。

小白换了一份新工作，去了一家中美合资企业。茶水间碰到了来出差的韩国同事，竟然是熟人、久违了的老同学，泡菜君朴一星。

朴一星思密达略显憔悴，如果不是那小眼神中的微光，小白几乎没有认出他来。略显尴尬地寒暄过后，朴一星用流利的中文问她，知不知道乔娇娇的近况。

呃，该说什么呢？小白下意识地咬了咬嘴唇，心想：我可知道你都对她做了什么。

　　"她很好，结婚了，还有一个儿子，特别特别幸福！"小白故意用平淡的语气讲出夸张的事实。

　　朴一星端咖啡的手抖了一下，"她生孩子了？怎么可能？"

　　小白心里哼了一声，你不配当她孩子的父亲！

　　"她明明不能生育啊！"

　　呃？

　　"如果不是因为没有孩子，我不会让她离开我……"

　　小白愣住了。

　　"她真的是为了我的幸福才提出离婚的……

　　"她不忍心看我无后，毕竟我家三代只有我一个男的……

　　"分手的时候，我们抱头痛哭……"

　　朴一星这边的故事里，乔娇娇说自己不能生育，当初是因为实在太爱他才和他结婚，但毕竟不孝有三，无后为大……朴一星至今想起来依然伤心欲绝。

　　朴一星尽己所能给了乔娇娇一大笔赡养费，不让自己心爱的人在钱上受委屈，这才是韩国人的大男子主义。再说，这可是朴一星的初恋呢。

　　"她一直在做家庭主妇，没有学历，什么都不会做。"朴一星喃喃道，"真不知道她在中国怎么生活下去……"

　　小白心想，乔娇娇会做的事情可比她前夫想象的多多了。

"她让我看到了我的自私……总之我觉得很对不起她。"朴一星低头不断地搅拌咖啡。

9

能让他人总有亏欠自己的错觉，这恐怕才是乔娇娇最大的才华。

一杯咖啡还没喝完，就把它留在那里吧。

每个人都是爱的灾民

1

我的朋友杨森食色性也，喜欢虐恋。他讲起约炮的故事来，那叫一个声情并茂，每每真假难辨。他不遗余力地为我们科普各类重口味技能术语，常常让我们女同学们听罢眯眼蹙眉，又忍不住浮想联翩，齐齐啐他真是朵奇葩。

俗话说，就怕流氓有文化。杨森是搞科研的，他爱用学术方法研究室内运动，比如用武术里剑宗和气宗来比喻过程中"缓脱派"和"速光派"；又经常以台式小清新的口吻语出惊人，能说出"最爱昏黄灯光下金属皮革沾染汗水的淡淡微光"这种文言文。

自黑也是他的拿手好戏。他说第一次去南锣鼓巷的一个店里买"战袍"，一推门发现都是国企范儿白大褂的"中国大妈"，那眼神从头到尾扫视过来，吓得他只能怯生生地信口胡诌："那个，走错了，这、这不是新华书店吗？"

还有一次，他为了营造十九世纪西部范儿，把姑娘拴在一山寨大芯板十字架上，自己换上黑手党的套头大褂，屋里放着《汤姆叔叔的小屋》片尾曲，正待手握蜡烛步步逼近时，一个趔趄，他被袍子绊倒了。

这么说吧，剑走偏锋，自成一派。

2

如果以上事件还属于他的私人生活，以下几件可一窥杨森同学的生活哲学。

2010 年，他听说杜蕾斯公司员工享受免费产品福利，经七拐八绕勾搭上了他们的一个品牌公关，和人家姑娘以恋爱之名，省安全之钱。

2011 年，《3D 肉蒲团》上映，他明明没有业务需要，硬是安排自己去香港出差趁机审片。

2012 年，杨森去看病，回家后发现自己的手指无意间被划破。他不安全感爆棚，去甲级医院做 HIV 病毒测试。因为担心留下"案底"，他硬是弄了假身份证，为了确认结果，还搞了三个假身份证在三个不同医院测了三回。

看吧，杨森就以这等形象混迹在我们的朋友圈里，在大家需要八卦时分享他谨慎放荡、热情狡黠的男性世界的一切。

有滋有味，啧啧啧啧。

3

我们常说，出来混总是要还的。在杨森身上，确确实实发生了——他竟被戴了绿帽子。

对，我还没来得及说，杨森是有家的，上有父母，下有老婆。

以往我们都认为他不被老婆捉奸在床已经算是祖上积德了，可没想到妻子红杏出墙。杨森出差，回家后在车子的行车记录仪里发现了玄机。

"从没想过我也有这么一天……

"你不知道家庭稳定对我来说多么重要。

"我俩大吵一架，我先搬出来了。"

电话里他带着哭腔，如此真诚，我还真不习惯。

我们这个圈子对杨夫人一无所知，这成功地避免了我们对他老婆产生同情。这样一来，杨森被推上了道德高地。

何其纠结，难以自处。

杨森唉声叹气，告诉我他今天清空了工作邮箱中的几百封邮件，以电脑系统崩溃之名投诉 IT 部门，拒绝工作，耗上几天休息。

对嘛，这才是我们认识的杨森。

4

杨森迅速地结束了他原以为放在保险箱里的婚姻。

婚姻一旦越界，一个人最受不了的，往往不是矛盾本身，而是自己在曾爱的人心目中形象坍塌——他毕竟还是个搞科研的文化人。吵架的一方说，真没想到你是这样的人！对面的一个绝对恼羞成怒地还一句，我就是这样了怎么着？！

想离婚那就离婚！

杨森真就这么离了。

如果说用婚姻砸碎浪漫是男人对女人的报复，用劈腿砸碎家庭则是女人对男人最大的打击。这次杨森真的消沉了。

我们虽然担心他，但转念一想，杨森这么惜命，再难过，他也不会做傻事的。

5

不会吗？

杨森还是做了傻事。

另一桩！

我在凌晨三点接到派出所的电话让我去接人。开房夜遇警察叔叔临检。唉，人走背字时就是这么丧。

哀其不幸，怒其不争。我们慨叹，男人啊，前一秒为失去一件玩具嗷嗷大哭，下一秒看到糖果时，依然咧嘴伸舌头。

我签了半打名字，呈上各种通关文牒，点头认错如捣蒜，才把杨森从派出所领出来。天已经亮了，我们在路边的一个永和豆浆店坐下吃早饭。杨森一夜未睡，两个黑眼圈甚是惊人。

"你说我是不是个浑蛋？"

为了安慰他，我咧嘴一笑。

"那天我们离完了出来，那奸夫在外面等她。

"你知道吗？一个男人出轨，一开始绝对会内疚的。可日子久了，要是老婆没发觉，内疚反过来变成了不满。两口子嘛，这女的对我也太不关心了，生活中那么多蛛丝马迹，你说想发现个出轨能有多难？"

什么，还有人求着被抓现行？

杨森走神了，他盯着桌上的豆浆，豆浆上面的浮沫逐渐变小、变薄。他盯着豆浆，仿佛在计算那浮沫到底什么时候消失殆尽。

"你知道我最想要什么吗？"他喃喃，"是你们女人既有能发现丈夫出轨的细心，又有能原谅出轨的宽容。然后再一直对我好，比以前还好，为了让我更爱你，你要更他妈爱我。

"这才是真爱！"

这回我真觉得他够浑蛋了，这是真爱吗？这明明是披着真爱外衣，却和真爱一点关系也没有的东西。

"为什么出轨，谁不都希望在自己爱的人心里留一个好形象？可，比这更重要的，是谁不都想要一个能接受自己最深刻的缺点的人？一个即便知道我出轨也不离不弃的人？谁不都想一个'无论如何'都留在自己身边的人吗？你懂吗？

"这么简单的道理竟然是那奸夫提醒我的！"

杨森咕嘟咕嘟地喝起豆浆。

来示威的奸夫触动了杨森的软肋。

"原来我老婆，也想要我不离不弃。

"她其实希望我发现这事儿……希望我发现了也能原谅她……发现了也能不离不弃。她其实就是想证明，我爱她，我应该更在乎她。

"想要被爱这事儿，人啊，还真他妈都差不多。"

他把油条蘸满豆浆，直到那油条都已经软烂，他猛地塞进嘴里嚼着，不说话，仿佛吃饱了之后才有力气说下面的话。

"我要是个渣男，那人人都渣，因为人人都想要爱。"

我应该反驳点什么，却什么都没有说出来。

6

杨森和杨夫人是高中同学，早恋。学校和家长都不同意早恋，偷偷摸摸了一年多，明目张胆了一年多，最后破罐破摔了一年多，这一对苦命鸳鸯就差要私奔了，好在上了大学。

杨森要出国留学，杨夫人执意跟从，即使差点被父亲打断了腿，也追随他而去。两个人在美国待了四五年，杨夫人拿了一个硕士学位，杨森则一直在打工赚钱。反正南加州天时地利都特别好，天天面朝大海，心间春暖花开。

两人就这么硬生生地耗到了家人的认可。

可人就是这么不争气！

不作不死，可不作难受。

7

杨森离婚之后，我们共同的朋友圈悄无声息地冬眠了。直到半年后的一天，他突然打电话给我，邀请我们去参加他的婚礼。

"够快的，又要祸害谁？"我保持冷嘲热讽。

"我老婆啊！"

"哪个？"这倒是新闻。

"我们要复婚啦！"

不按牌理出牌的杨森又给了我们一记惊吓。

"怎么回事？谁追的谁啊？"婚礼上我们跟谁也没客气，当着杨夫人的面儿，什么都摊在桌面上说。

"我老婆那么多缺点我都能接受，她没理由不嫁给我啊！"杨森喝了不少，气血上头，脸红扑扑的。

杨夫人也不生气，只是微笑不语。

"你能接受人家，人家接受你吗？"

"嫂子，你怎么没跟我们商量又上他的贼船了？"

"姐，他绑架你来的吧？"

杨森快倒在椅子上了，我们不依不饶，依然不停地敬他。杨夫人干脆坐在了我们桌，拾起来不知道谁的筷子，夹着残余吃两口菜。任凭这群狐朋狗友调戏她的初恋、前任及新婚丈夫，一阵阵地哄笑热闹着。

"看来杨森同学真的特别爱你。"我忍不住对杨夫人感慨。

杨夫人一笑，眼睛眯成了一条缝儿，"我要是不特别爱他，他怎么会特别爱我？"

"什么意思？"

"我以前骂他是渣男，他就骂我是渣女，好像我们两个出轨过的人十恶不赦，可其实我们都是爱得自私的普通人而已。"

我倒没想到杨夫人说话如此大方。

"和他离婚之后我才明白，我们俩呢，就好像是地震、海啸的灾民，等啊等，总等不到救援的人来，时间长了就忍不住互相抱怨、埋怨。其实呢，我们随时可以站起来，自己盖一个家不就得了。"

我思忖间，围住杨森的人群爆发了一阵欢呼。我忍不住抬头看过去，杨森完全醉了，跳上了桌子，对着我们坐着的位置可笑地搔首摆臀，唱着一支歌："对你爱、爱、爱不完……"

杨夫人伸出双手向他挥手飞吻。

"我可以天天月月年年去面对……"他接着唱。

"下去了，下去了！"大伙起哄。

"杨森亲一个！"

"亲一个！亲一个！"

起哄的人终于等到了复婚新人的热吻。这场面热闹而狼狈，却洋溢着踏实的幸福。

或许我们每个人都是爱的灾民，恩也因为爱，怨也因为爱，但每一刻，我们都可以提醒自己，做先站起来的那个，做更好的自己。

I 的祭祀

1

那年夏天我被一个男人摸了。一个骑在自行车上的男人。我的白色连衣裙上绣着很多红樱桃。小女孩天生就明白裙子才是她们的终极服饰，夏日里开始穿裙子意味着所有美好日子的到来。

他从背后撩起来我的裙摆，一双大手，或许不大，我记不清了，摸了几秒。我转向他，一脸茫然，逆光中他的脸模糊不清。他依旧坐在自行车上，一只脚撑着地，那姿势仿佛在说这一切都只是个恶作剧。

你懂吗，恶作剧。

因为是恶作剧，如果我生气了、大喊了，就是玩不起。我停顿着，仿佛被人点了哑穴，不知道该说点什么。男人转过头，哗啦一声把脚蹬子位置摆好，扬长而去。

我仍然站在那条回家必经之路上，路上空无一人。事情发生得太快，或许是我的反应太慢，一时回不过神来。阳光把我的影子浓缩成不成形的一团，那时候我甚至还没学过"光天化日"这个成语。

对，还那么小的我，就被摸了。

被摸过的我心神不宁。在回家路上，我忍不住想，被摸了的我会不会怀孕？当时我正在看武侠小说《神雕侠侣》，小说里尹志平就是因为摸了小龙女，小龙女就成了他的人了。我咬着嘴唇，心想，如果我生了孩子，我总不能告诉小孩，爸爸是个"骑自行车的人"吧。骑自行车的人那么多，却不知道是哪一个，这可如何是好？

我回想起更小的时候看过的一篇童话故事，国王的弟弟假扮成国王替国王复仇，为了掩人耳目，他必须和皇后睡在同一张床上。夜里他就拔出一把宝剑，放在两人之间。后来，弟弟复仇成功，大家终于迎来真正的国王，可是当国王听说弟弟竟敢和自己的妻子同床时，十分气愤，直到皇后解释说每夜两人都会隔着一把宝剑而眠，国王才消气，同时被感动得热泪盈眶，紧紧地拥抱了忠诚的弟弟。年幼的我读不出这故事的弦外之音，却隐隐约约明白，女人或许是不能和陌生男人睡在同一张床上的，除非隔着一把宝剑。我和骑自行车的男人之间，没有宝剑。如果这真的是个恶作剧，能不能让我喊一句"这把不算"？再来一次我会认真地告诉他，我们没有宝剑，你赖皮！

对，他赖皮！

他都没有遵守游戏规则，我非常认真地想。

那之后我忐忑地等了大半个月，我不知道自己到底在等什么。会不会我已经怀孕了，我自己都不知道？可如果连我自己都不知道，我能怎么办呢？算了，再等等吧。

我在不知道等什么的等待中看完了《神雕侠侣》。故事里杨过从悬崖上纵身一跃，才找到了他的小龙女。我没等来怀孕，却等来了初潮。

不妨这么说，我在甚至都还不是一个女人之前，便认定了想要得到真爱，必先"纵身一跃"，向死而生。

2

有时候人们对人性之黑暗复杂的领悟，是在瞬间完成的。

比如这一刻，你随意瞄过你丈夫的手机，看到不应该看到的信息，心跳还未平息，疑窦刚刚涌起，就看见丈夫如往日一般走向你，对你微笑，然后神态自若地和你拥在沙发上，他的眼神真诚宽厚，毫无异样，继续谈论天气、同事、水龙头和狗。那一刻你就会和现在的我一样，惊叹人性之不可捉摸，如同宇宙一样深邃迷离，然后穿过一个虫洞，发现另一个世界。

他的表现是那么自然，正是这"自然"让他在我心里的形象崩塌了。

每一个出轨的男人都值得拥有一座奥斯卡。那个前脚给别人发"你下面好香"，后脚却蹲在我家厕所修理马桶的，是同一个人吗？

人生艰难，一贯如此，胜出全靠演技。

他还是他，他看我的目光，他对我的微笑，可仿佛突然间，他便不是他了。我本以为只有一个他，就是我认识的这个叫张力的男人，殊不知还有一个他，在另一个世界里，一只叫张力的到处留情的蝴蝶。我好奇，他分得清自己到底是我的丈夫，还是那只蝴蝶吗？

真令人惊奇，我竟然如此平静。我对自己拥有了上帝视角感到惊奇而平静。我不得不说，看演技一流的人演戏，竟让我惊觉自己是个幸运的观众。

有一次他告诉我要临时加班不能回家过夜，那表情和语气真是令人由衷地敬佩。还有一次，他解释为什么大半夜去洗车，痛骂起无良的同事喝醉了吐在了后座。电话里他讲这故事时声情并茂，说"他妈的我看他那样就不对劲，给我恶心坏了，你最好想都不要想"。

丈夫的戏码强烈地激发了我要和他对戏的欲望，不就是演吗，我也能演。

3

她拿起筷子，犹豫了一下，仿佛不确定更想先吃什么。筷子在已经烧蔫儿的葱姜、花椒、香菇和陈皮中间扒拉了几下，那些配料就被准确地择了出来。她挑剔地把它们堆在盘子的一边，就好像堆起来一堆垃圾。

我看着她的嘴角，那是她表达嫌弃时的一种固定表情。我问她，怎么样？她嗯着，似乎在掩饰自己的不满，却又故意让别人看出来这种不满，要感恩她宽厚的内心。即便我的红烧排骨远没有达到她的要求，却能安心得到她的认可。

是的，她从不称赞我，不光是做饭这件事，任何事。

以前每当我质问她时，她便表现出那种"虽然我嘴上没说但我心里觉得不错"的口吻。当我深深地怀疑这种说法，并深究下去时，她则会苦口婆心地教导："你不要这么爱听表扬，虚心才能使人进步。"

她把红烧排骨旁边的"垃圾"挑在一张纸巾上，剩下的排骨们仿佛一只只没有皮肉的裸体骷髅——是的，如同把骷髅又扒了一层筋膜——孤零零地躺在盘子里。

"好吃，你吃吧。"她站起来去把辅料们扔进垃圾桶，那些我熬炖了两个小时的辅料已被彻底榨干了滋味。对，被利用完了的东西，在我妈的眼里，都不允许它们在餐盘里陪主菜多待一会儿。

我不知道是否该和她讲张力的事。我猜测她的反应，多半是另一种哀叹，"我的命怎么这么苦，谁谁都不让我省心！"

4

我本不想去找常大伟，这时候这样做显得很俗气，和前男友旧情复燃一点也不吸引我，但不知怎么我还是不自觉地走进他的小龙虾店。人声鼎沸，红油翻腾，华丽的装修，这一切都象征着人间烟火。他曾说过最不适合做奢侈的东西就是这种地摊货，如串串香、麻辣烫，"越市井越好吃，本就不是高端的种儿！"可现在他竟然把小龙虾做高端了，原因很简单，"便宜不赚钱"。

我们早无情感瓜葛，也不会经常见面，每年春节他习惯性地给我家送点年货。我妈当年嫌弃他市井，现在总是刻意热情，仿佛和他分手全然是我一个人的错。

"我想离婚。"

他还没坐定，我的第一句话便脱口而出。

他嬉皮笑脸地说："恭喜你啊！是哪个小鲜肉这么倒霉？"

我们相爱的时候他是一枚小鲜肉，如今也不过刚过三十岁，已经一副老成的模样，他谈起二字头的少年人都是鲜肉，还让别人叫他"老常"，嘴皮子又油又贱，瞎话张口就来。

我顿了一下，说道："是我老公外面有人。"

"咳，多大点事儿啊！你也搞一个呗——气他！"小龙虾端上来了，如视觉盛宴，"实在不行，哥们我也能舍身取义啊！我现在这体格，虽然不比和你好的时候，比他个卖房子的大白兔还是强壮些。"

常大伟一直管张力叫卖房子的大白兔，因为他第一次见张力时张力穿了蓝白色的西服，从那之后他就叫他大白兔，和那个奶糖一样的配色，仿佛在暗示他的孱弱，或者缺乏毅力。那次见面后，常大伟要敬张力一杯，说是让他必须好好照顾我，否则要他好看。张力有点抹不开面子，因为当时他公司的一堆领导同事还在场，他便回了嘴，大意是轮不上他管自己家里事儿，两人就打起来了。我知道常大伟是故意的，不搅和我的婚礼他觉得不好玩、不解气，扎不疼他自己，没有理由让他自怜自艾。

"我想好了，回去就和他谈。"我不理会他的揶揄，任由他占嘴上的便宜。他不懂，我现在根本没心情和他开玩笑。

"你陪我去好吗？"我说。

5

那天回家的路和往常无异，走到公寓楼下却发现，物业恰好更换了电子密码，我按了几次都不成功。常大伟指指旁边的公告。一张不知何时贴上的白纸，说物业要更换门禁，让业主们带证件去领新密码。

我微微有些气恼，就好像这是一个坏的预兆。

有人出来了，适时地帮我们开了门，是 17 楼的狗主，拉着他的边牧。这个夏天刚搬来的邻居，经常在小区遛狗，他文了一整条花臂，健壮的二头肌让人无法直视。我们对视了一眼，我冲他客气地点点头。边牧呼啦啦地围着我转，花臂瞥一眼常大伟，使劲把狗拽走。

直到电梯合上门上行，常大伟才终于说了这一晚上的第一句正经话："你是找我来演戏的吧？"

6

血是从房门口流出来的，一下电梯就看见了，更可怕的是房门大开，张力蜷缩着，面朝下倒在地上，屋里屋外各卡住一半。我的心一下子跳到了嗓子眼，他的背上插着什么，我一时看不清楚，或许我也不想看清。我猛地抓住常大伟的手臂，他的身体紧紧地缩了一下。

原来目击凶杀现场是这样的感觉……

我拼命地喊，什么都听不到。我必须更用力地喊，仿佛只有那样才能喊走我的恐惧。我失去了全部力气，坠入无尽的黑色。

世界在我面前消失了。

7

似乎是梦。

梦里那个骑着自行车的男人在逆光中看着我，我的全部都在他视线之内，而他的全部只是一个剪影。

阳光温暖灼热，我鼻尖上有密密匝匝的汗。突然间寒意刺穿了我，仿佛在我心口撕开了一个大洞。我抬头看天，太阳还在那里，只是它突然变冷了，寒到骨子里的那种，透过心口的大洞冰雪呼啸而入。我瑟瑟发抖，蹲了下来，这样显得暖和一点，而他因此愈发高大，我仰视他，就好像指环王里的索伦，威力无比，不可抵挡。

索伦怎么出来了？

对，不是索伦，是伏地魔，威力无比，不可抵挡。

他渐渐贴过来，脸越来越大。我看见了张力的五官，他讪笑着，有点猥琐，贴上了我，凑在我脸边摩挲。我不得不伸手去推他，可手拿下来全都是血。我惊诧地看他，他的眼睛开始充血，由少到多，一片红色流淌。他神色与往日一样安详宽厚，那模样异常诡异。我听见一个声音在我耳边说："你下面好香……"

我终于醒了。

8

朝阳分局的李队长是个一米八几的大个子，仅凭这一点我就认定他不可能当一个好刑警。四肢发达，头脑简单，大脑容易供血不足，老话总是有道理的。血在他身体流一圈都比别人耗时长，我想，至少比张力长。

据说警方赶到现场时张力已经死了，血在走道里留下了一摊印记，地缝里还有红色。李队长把现场的图片摆在我面前，让我看一下有没有什么线索。照片上张力的脸伏向下，背上插着的，不是匕首，而是筷子。原来那东西真的可以插死人！一共三根，长短不一，按不规则的角度插着，搞得他像一只插着香要被祭祀的猪，且祭祀的人还毫不在意维持这仪式的庄重感，草草了事。我不想再看下去了，他毕竟还是我的丈夫。

李队长冷冷地看着我，问道："你知道你丈夫有什么仇人吗？"

我摇摇头说："不知道。"

他闪动了一下眉眼，又问道："你今天晚上回家之前做了什么？"

物业换门禁只有小区里的业主才能知道，其间至少有两三个小时公寓楼是不设防的。李队盯着我，想看我的反应。

他在怀疑我。

他当然需要怀疑我。无论一对夫妻生活得多么恩爱，婚姻制度依然是所有社会关系中最脆弱的一种。当夫妻中的一个发生意外，另一半总是嫌疑最大的那个，警察自然明白这个道理。

"傍晚去我妈家吃饭待到大约八点，然后去见了个朋友，十点左右他送我回家，正好赶上……"

我说的都是事实。

9

常大伟也被调查了，是他报的警。这男人还算镇定，令我感觉有点对不起他。男人就是这样，再慌乱也不能表现出来，行不行都要硬撑。

家里被翻得乱七八糟，我们没存什么贵重物品在家，粗看下来也没丢什么。警方没法一直留着我，那叫拘禁，即便有嫌疑也不能超过二十四小时。说起来好笑，此刻我有点羡慕看守所，至少那里有人看守我，对，如同私人保镖。

我不想回我妈家，我知道她会哀叹，"这是造了什么孽啊！非让我赶上这糟心事儿？"常大伟让我暂时住他家，我不知道这暂时是几时，反正我也不想回那个旧房子。

夜里我才想起那个女人，张力外面的人，她知道吗？她怎么想？我是不是应该告诉她一声，她的情人死了？她会难过吗？

啊嚏！

10

常大伟再也没提那天电梯里的事儿。

他不认同我，可也拿我没辙。

"你干吗非要这样？"

"我哪样了？"

"非要用我气你家的大白兔？"

"我要离婚。"

"真的吗？"

看，这就是为什么不应该去找他。我不敢看他，怕他的眼神吞没我。

也许是我的羞愧激励了他，他猛地把我按在电梯一角，逼着我和他对视。他的眼角已生了些许皱纹，对于男人而言，这增加了他的魅力。他的手压迫着我的手，但眼神却出卖了他，那是期待的、渴望的，甚至是恳求的眼神。他像一只孤傲的狮子，求我在不践踏他的尊严的前提下驯服他。

我主动吻上他的嘴唇，他回应了我。我本以为我不是以牙还牙的人，那太幼稚了，但报复的快感占领了我，那一刻我感到自由。

11

我在张力的葬礼上看见了那个女人，一眼看过去，我就知道是她。女人之间有种第六感，能和同一个男人纠缠不清的第六感。她眼圈粉红，楚楚动人，看年纪才二十多岁，脸上有和超声刀、玻尿酸亲密接触过的痕迹，我替她不值。

我不知道她认识谁，葬礼上张力的朋友们中也没人和她打招呼。

盖棺之前，轮不到她上前告别遗体，但我还是朝她招招手，让她来看。棺材中的张力面白唇红，难以想象他经历了什么。我扭过脸去，那女人却忍不住哭出声来，嘤嘤呀呀，所有人都侧目看她，仿佛她才表现出了遗孀该有的样子。

遗体告别式结束后，我把她领到室外。火化场是最没有温度的地方。死亡已经是一件丧事，接待死亡的门面还修得惨淡，灰白地面，砖头门堂，两棵歪脖子柳树站在门口，哪怕在这儿拍张照片，都是粗鄙暗淡的那种。

"你和老张的事情他都告诉我了，本想早点劝劝你，现在也不用多说了。"

"你、你知道多少？"

我知道多少？我知道她下面很香。我不想知道更多。

"可我……可我怀孕了。"她焦急地说，仿佛终于打出了手上的一张大牌。

"已经和我没有关系了。"我冷冷地回答。

我必须这样说，我必须让她明白我不会管她，我没这义务。

扭头离开的路上，我倒吸了一口凉气，如果张力没有死，我会面对什么，说不定这个年轻女人和她的孩子会拥有我现在的一切，而我呢，我将一无所有。

"你不能不管我！"女孩在我身后大喊着。

我又不是你妈。

"你不管我就一尸两命！"

这女人哭的不是张力，是她自己。换作以前，我或许应该让她注意点，毕竟现场还这么多人，可既然她是张力留下的一颗瘤子，就任由她扩散在张力的葬礼上吧。我就是要这样羞辱他，这个已经逝去的男人。

我再一次回到灵堂，瘦弱惨淡地站在他亲友好友面前，大家都看得出来我是多么弱势。我就是要让张力这不明不白的横祸，变得罪有应得、理所当然。

张力，这是我们俩的葬礼。你死了，我也死了一次。要想得到真爱，必先向死而生，以前我对你说这句话时，你敲敲我的脑袋，说："小傻瓜！"任凭你嘲笑我隐秘的爱情观，我就是要你知道，我才是最爱你的那个人。

12

李队长他们查了两个多月，线索集中在了一个专门入户抢劫高档社区的团伙上。随即哈尔滨那边的刑警扫黄，抓住了其中的一个人，把他们全撂了。李队长出了个差，和哈尔滨警方联手在陕西拿下了主犯几人，可一审问，张力的案子不是他们做的。李队长郁闷地回了北京，告诉我，要从头再来。

我说没关系，我可以等。

他让我想到什么线索随时联系他。什么都行，任何细节都有可能是个线索。

我答应着。

"总觉得他这个死法，有点怪。"李队长喃喃，"好像是某种祭祀。"

是的，祭祀。但我也觉得怪，和我想象的祭祀还是不同，我和那人说的时候，并没说非要死成这样。张力毕竟还是我的丈夫。那人下手得太重。

"现在他只属于你一个人了。"当时那人说，"只有死人才不会变心。"

我谢谢他。他不是坏人，这只是个和我一样可怜的人。总要和过去的挥别，才能和未来的相逢。我们都需要一点点……仪式感，才有勇气重新上路。

"你会回去找她吗？"

那人并没有回答我。

每个人都有各自隐秘的爱情观，藏在那些看不懂的爱恨纠缠中。彼此没有可比性，也用不着别人说三道四。事已至此，都已与我无关。

我们分别的时候，我说："我想问你件事，不方便你也可以不回答。"

"什么？"

"她下面香吗？"

13

我和常大伟复合了。我妈乐见其成，但知道了也还是数落我："好马不吃回头草。"既然我爱的人已经死了，就让爱我的人来陪伴我吧。

清晨，我和常大伟一起下楼，在电梯里遇到 17 楼的花臂搬家。边牧围着我转来转去，对着主人汪汪直叫。

"别叫，别叫了！"花臂呵斥自己的宠物。

常大伟并没注意到边牧闻出了我的气味。

"对不起啊！"花臂和我道歉。我冲他笑笑，又弯下腰逗逗狗，"汪汪，汪汪……"我开玩笑地学着它，边牧惊诧地看我，停止了叫声。

乖，真是好狗，再见了！我心里默默说。

电梯到了，我走了出去。边牧在后面懵懂地目送我和常大伟。我没有回头，是的，往事，再也不用回头。

I 的祭祀已经完成，蝴蝶破茧而出。

贪食蛇

1

叮咚！

叮——咚！

又是快递！小龙总是这么早送货！我赖在床上故意没有出声，门铃按了几下就停了。我知道和以前一样，他肯定又把快递留在了门口。

这已经是这个月第四次"送错"东西了，上三个月还有七次。是的，我一共收到了十一次别人的快递。最近的这一次，送错的是一整箱日本零食。

别误会，我并不是一上来就私拆别人物品的那种人。快递员第一次送错快递时，我直接把包裹留在了我家门口，心想着快递员发现了肯定会回来找，可等了一两个礼拜也没见人影，整个过道弥漫着浓郁的果香味。

恰好这时第二个包裹来了。

我对那时候还不认识的快递员小龙说："这东西不是我的。"他仔细查看底单以后搔头道："可的确就是这个地址啊！"快递单上收件人的姓名和电话模糊不清。我指着第一个包裹，当着他的面打开一看，里面的一整盒桃子都烂掉了。

小龙摊摊手表示无可奈何。鬼使神差之下，我俩又拆开了第二个包裹，还好，不是水果，是一箱子冲泡的立顿红茶。

后来，"送错"快递成了常事。我问小龙："你说这人总是寄错，是不是傻？"他嘿嘿地乐，说你就收着呗。万能的某宝神通广大，什么都能网购，自然什么都能快递。

有一次我收到了一箱子新鲜的荔枝，实在吃不完，我留下两把给了小龙。他略带尴尬地推辞说不用不用，但从此就成了我的"共犯"。荔枝之后有薯片、杏仁、啤酒、椰子，还收过一次冷冻的冰封小龙虾。虽然都是吃的，但真的五花八门，从没重样。

始终都没有人来问。

我曾等过，真的。

我虽能等，但这些吃的等不了，总不能让这些东西全都坏掉、浪费掉吧。我每次都如此安慰自己。

我裹着睡袍把门外的包裹拿进屋里，这次又是什么呢？

2

加菲猫说，巧克力的问题是吃了就没了。我说，巧克力的问题是，吃着想，不吃惦记。这天下午我正好约了闺密晓米聊她的婚礼，我顺便从包里掏出来最新的神秘快递——巧克力。

"这是今天别人送错快递到我家的。"我顺便就把快递的故事讲了一遍。

晓米瞪大了眼睛。

"上周我收到的东西更奇葩呢，喏，就是这个。"

我给她看我的手机。

"啊！连 iPhone 都能送错？天上掉馅饼啊！"

我赶紧摆手，"不是，是图，让你看照片。"

没错，上周竟然收到了两盒子柠檬酒心冰块。我不得不佩服发件人如此不厌其烦地打了包还没有融化。

晓米一把抢过去审查了半天，飞快地得出结论："嘿，有人在暗恋你。"

我翻了翻白眼，"不可能！"

"而且超级浪漫。"

"这解释不通，比如这冰块是几个意思？"

晓米一脸坏笑，"你看过《五十度灰》没？"

呃，我倒吸一口凉气，盯着她忽闪的睫毛忍不住浮想联翩。

暗恋……真的吗?

3

在晓米的怂恿下，名侦探本小姐决定调查此快递谜案。

第一步当然要从小龙下手。

"没用的，真的，姐。"小龙一边咬着我"贿赂线人"送去的烤串儿，一边认真地摇头，"别说你，我们都八卦过好几次了，真的不知道是谁。"

快递的社区门店里其他两个快递员也跟着点头。

"我们只负责收货送货，你想知道是谁，得找接单发件的快递员。"

旁边正啃腰子的快递大头突然问我："姐，你怎么不去看看以前7号楼那位？"

说起来，我家这个小区曾经翻新过楼号，我住的7号楼曾是以前的18号楼，而以前的7号楼已经改为现在的17号楼。快递地址是7号楼1705，会不会是以前的7号，也就是现在的17号楼1705呢？

我双手一摊，废话！我当然想到了。但直面收件人这事弄不好引火烧身，我想起家里快吃光的烤香蕉片，还有酸酸甜甜的话梅糖……还真是拿人的手短。我后背冒起来一层冷汗，找收件人自首万万使不得。

贴心的小龙提了个建议，让他去17号楼探测一下，而我可以在暗中偷窥。

当我把这个建议从电话里告诉晓米时，她的脑洞又开了。

"那个暗恋者一定就住在17号楼！"

因为暗恋我，有个人不仅故意送错东西还搬到我家隔壁？沿着这股好通顺的泡菜味韩剧思路展开……对！他就是一直在等我，等着我发现他。推门的那一刻，那尼，欧巴，你怎么住在这里？背景音乐那个 *you are my destiny* 都快起来了，我还在等什么？

4

咚！咚咚！

这是 17 号楼的楼梯间。我躲进了安全通道。唉，本宫还是第一次干这么傻的事儿。

屋里传来了脚步声，我的心提了起来。

门被打开了一条缝，竟然探出一个女生的脑袋。

小龙磕巴了一下，"呃，呃，您……您家要寄快递吗？"

女生不耐烦地看着他，"没有啊。"

"可能搞错了，对不起啊。"

小龙可真是个笨蛋，废话都不会说两句。我一边骂着小龙，一边失望地想，怎么是个女的。

在小区楼下我拦住小龙，问道："会不会是他女朋友？"

小龙摇头说道："那户型一般都一个人住。何况，开门我瞥见门口的鞋柜，都是女人的高跟鞋。"

没想到，笨蛋小龙还是挺细心的，没有愧对我送他的大荔枝。我仔细回想那女生的脸，很纤细，特别瘦，没什么特别。

我一腔热血被怨念包裹……唉，不对啊！

5

食欲是欲望中原始而奇妙的一种。食量可以适应，口味可以培养，即便原本不喜欢的食物，若一而再再而三地送到嘴边，人多少还是会尝试的。接下来，尝试变成了习惯，再变成喜欢。

一周后，正当我的麻辣花生趋于殆尽时，17号楼的女同学按开了我的门铃。我措手不及，做贼心虚，一开始还思忖素颜她会不会认出我，半晌才想起来她压根就不知道我和小龙去试探她，可，那她怎么找上门来了？

"我收到了这个，喏……"她努努嘴，递过来一个包裹，"是不是你的？7号楼的1705？"

我一看，果然是神秘包裹的笔迹，虽然模糊，但我一眼就认出来了。

"快递也太不负责了，直接扔我们家门口了，我住17号楼。"

"女施主"的态度傲娇，但浑身洋溢着的圣母气息已经快逼得我都想钻进地缝里了。以前留住送错的快递还可借口误会，但此刻若当面点头收下快递，则意味着我故意把别人的东西占为己有。明知故犯，当众撒谎，过失杀人和故意杀人的区别巨大。

她挑着眉毛看着我的犹豫，那好奇似乎猜到了什么。我把心一横，"哦，谢谢啊。"

过道间的灯及时地打了个冷战，在我的脸上划出了一道闪电。

几下电光之后，灯彻底灭了。

6

情况没什么进展，我狠狠地抱怨了晓米的暗恋论。待嫁的人爱用粉红色思考一切，如果有人真的花费如此心机暗恋我，足以证明他智商之高和情商之低——送这么多东西却不露面，但露面却有可能羞辱了我的贪食之心。

17号楼女施主拿来的那个新包裹，是火锅底料，麻辣红油各一包。我还从没有在家做过火锅，殊不知相当简单美味，我一共吃了五顿才吃完。

那位女施主，我如果更细心一点，应该能更早在小区里认识她。她的名字叫滕囡，南方的姓、南方的名，很少见。

一开始我总是躲着她，也不全然是因为那些包裹，而是她身上有种不招人喜欢的气息，总让人觉得难以接近，不好说话。

“那个女的啊。”小龙对我说，“听我同事说，她特爱网购，还经常退换货。”

我眯起眼睛噘起嘴，“真是个挑剔的人啊！”

7

站上体重秤，我傻眼了，本以为随口吃掉的零食竟让我在几个月间悄然无息地增重了十斤，从小到大我都是怎么吃不过百的体质，怎么会……不过嘿嘿，胖了有胖了的福利，胸围变大了一号，还算划算。

未雨绸缪，我开始在小区夜跑。我家小区绿荫覆盖，面积广阔，小径蜿蜒，晚上跑步遛狗散步的人很多。

呼哧，呼哧，呼哧。

双腿灌了铅似的，我停下来喘气，可真是自找苦吃，吃饱了撑的！

正想着，旁边一个人猛地跑过去，正是滕囡。

我直起腰追了上去。

"你也跑步啊？"我没话找话，"还记得我吗？"

呼哧，呼哧，呼哧……滕囡跑得正欢。

和正能量的人在一起真是很累，我追了过去，乖乖地跟在她身后。

又跑了三圈，见我快累吐血了，滕囡才停下来，递给我她的毛巾，我连伸胳膊接过来的力气都没有。

"你、你怎么跑那么厉害？"

"你不经常跑吧？你的鞋不对，呼吸也不对，跑步姿势有问题，还有，你的手表、手机还有那个耳环，都挺影响速度的。你喷香水了吧？运动时最好不要用香水。另外你那个头发也最好梳起来，甩来甩去好烦。"

呃，我咽了口唾沫，讨厌鬼，鉴定完毕！

8

三个月后。

我的体重从九十五斤到一百零五斤，直至迅猛地突破了一百二十斤的"人生极限"。一开始仅仅胖在腰身，穿不上之前的裤子，我熟视无睹一阵子之后就是一系列匪夷所思的变化，双腿间的肥肉、脖子上的颈纹，直至屁股上有了橘皮组织。

叮咚！

我打开门，毫无意外是小龙。

神秘快递已成为日常生活的一部分，包裹甚至都无须签收。

"是什么？"我把他让进门。

"真空装猪蹄。"小龙已帮我把包裹打开，将猪蹄塞进冰箱。因为我的两只手正忙着，在冰冻酸奶里做奥利奥曲奇。

"来，尝一口。"我戴着手套把一小铲子奥利奥冰冻酸奶举到他眼前。小龙摇摇头，没劲，男人就是对冷食从不来电。这酸奶已经快递了好久实在吃不完，直到收到奥利奥我才觉得可以试试新花样。

我噘起小嘴继续我的工程，小龙看了看我。

"姐，我发现你挺有福相。"

真的吗？

我感觉他的视线从脸落下，飘过我的胸围。因为今天没出门，我只穿了件睡衣，没穿 bra。

他犹豫了一下，"呃嗯。"

哈哈，我就知道，小龙暗恋我，一定是这样。我把小龙轰走，思考着猪蹄到底是热炖还是红烧。

傍晚时分，滕囡微信问我今天是否去跑步，我竟然和这个不招人喜欢的讨厌鬼成了熟人。她是个宅女，除了跑步基本不出门。我感觉她只有我这么一个朋友，如果没有快递上门按个铃，她每天恐怕一句话都不需要说。

人为什么要活得那么累？我摇摇头，嚼着沾满酸奶的奥利奥。

就不能对自己好一点吗？

9

周末晓米的婚礼，在丽兹酒店举办。我已经很久没见她了，让我当伴娘的提议被我否决。若不是她在电话里以不出现就绝交相威胁，我甚至都不想参加婚礼。

晓米的新郎高洪涛远远地看我走进花园，一脸的粉底都要"狰狞"掉了。

"喜佳，你、你怎么……呃，你气色真不错。"

我勉强和他拥抱了一下，连同晓米，我们仨是过去十年最熟悉的高中同学。他戏谑地拍了拍我，那种哥们式的手掌打在我宽厚的后背上。高洪涛以同情的目光看着我，仿佛不知道要和我讲什么。

"晓米正等着你呢，你正好劝劝她，一个劲儿嫌自己胖，哪个怀孕的女人会不胖？"

我按高洪涛的示意找到了化妆间，还没到门口便能听见里面欢声笑语。我敲了门，整理衣装，开门的是一个高挑俊美的男人。我们对视了一眼，大眼蓄须，似曾相识，没想起来。

"晓米呢？"我问。

"在里面，我是伴郎……你是……喜佳？"

他一说话我就听出了他的声音。王童，大学时代他对我的死缠烂打全系皆知，毕业的散伙饭上，他的舍友及好友高洪涛以敬酒之名打抱不平，"你知不知道他爱了你四年，四年啊！"

又怎么样呢，我就是对他毫无兴趣。那时候王童有两百多斤，名副其实的胖子。胖子是没有性别的，自然也不可能得到爱情。

可现在，王童瘦了，大变样的瘦，宽肩长腿，神采奕奕。他现在就是一枚帅哥，如明星那样闪闪发光。

我还没想好是否要承认自己就是喜佳，身边就已经传来晓米的一声惊呼："喜佳！"

唉，算了，我下意识地扭脸。晓米穿着卡在腰间的婚纱，盖住了五个月的肚子，嘴巴成了 O 形。她一身白雪公主的扮相，不可思议地上下打量我，当着王童的面捏我的麒麟臂。

"你怎么胖成这样啦？"

哪样啊？我努力翻白眼，我不过是胖了点而已，我应该也不过就是比一百二十斤多了……一点。为了参加她的婚礼，我还特意穿了一条很显瘦的裙子。

王童也盯着我看，看得我羞愧万分。虽然他什么都没说，但他的视线直到婚礼结束，也没离开过我。

10

王童开始不停地联系我，微信电话轰炸，甚至跑到公司楼下，人人都知道，有个帅哥在等胖喜佳。说起来，自从我胖了，除了公司例会和签字报销，就很少出现在公开场合，反正我的工作时间灵活，同事见得越来越少。可现在这帮势利和八卦的人，竟然都是为了打听王童而专门来找我。

"那个最近来蹲点的帅哥是谁啊？"

"你是不是欠他钱？"

"你知道他哪年的吗？"

"有女朋友吗？"

"干什么的？"

"星座？"

这些庸俗的人儿啊，他们难以理解，每个人的初恋，只有一次，而我就是王童的初恋。我忍不住暗自庆幸，虽身材略微走形，还好容颜未老，把握旧情，搞定男神。

情人节快到了，王童约了我去丽兹酒店吃晚饭。

"这是我们重逢的地方，记得吗？"王童隔着香槟杯子注视着我。

我微笑着，品了一小口香槟，这东西太不解饿了，而为了这一晚，我下午什么都没吃。

王童慢悠悠地摩挲着我的手，痒痒的，他在搞什么？

我说："要不要先点菜？"

王童笑了，招呼侍应生来。

餐厅氛围暧昧，音乐轻柔，我们在烛光中吃掉了牛排和龙虾。时间渐晚，他显得越来越紧张，他的龙虾还剩了一大半。我帮王童吃掉了剩下的龙虾，很赞，最近快递送来的老虎虾和鳕鱼的口感真的没法与之相比。

走出餐厅的时候，王童突然把手搭在我腰上。

我惊出了一身冷汗！

因为，我……没有腰，他摸到的是我腰间的赘肉。

"这个，今天是情人节。"他突然变得支支吾吾。

他用另一只手掏出了口袋，递给我一张房卡。

"这是不是太快了？"

"喜佳，到底要怎么样对你才能认真考虑我？"王童显得有点气恼，而我的脑细胞还停留在赘肉上。

"送我回家吧，好吗，我累了。"我央求他。

"你就一点都不喜欢我？"

王童的俊脸就在我的眼前，我踮起脚，恐怕就能碰上他的嘴。我盯着那嘴唇，我是不是醉了，怎么晕乎乎的？

此刻有脚步声，电梯旁边走来一对情侣，王童和我被迫拉开了距离。我们双双走入电梯。

电梯里另一个女人的香水味让我清醒了些。那女人正好奇地打量王童，又瞟了瞟我，眼神里一分轻蔑正好被我抓到。男人探头看了看这方向，嘴角提起了一个弧度，什么都没说。

我懂那种反应。

我的心中涌起复杂的心情。

丑陋的、粗鄙的、可怜的、可悲的、胖的……我？

我怎么把自己混成了这种人？

这种连以前的自己都看不起的人……

王童手里依然攥着那张房卡，我没有回答他。如果我愿意，他的手就会再次搭上我的腰，可是我的赘肉……他是那么帅气、深情、柔软。

我闭上眼睛。

不!

11

"减肥?"听说我要减肥，滕囡发来了"惊呆"的表情符。

"就为了要和人上床?"接下来是这句，"我觉得你现在挺好。"

她就是个没人要的讨厌鬼，所以才这么刻薄。我没理会这条微信，深吸了一口气，裸体站上体重秤。

什么?

一百三十七?

我惊呆了，不到几个月前我还是一个体重九十五斤、身高一米六五的瘦妹子。认识滕囡的时候我也才一百二十多斤，混迹在微胖的边缘。我认真地在镜子里端详这光溜溜的身体，手臂、腹部、大腿，这段时间到底发生了什么?

那些该死的快递食物!

我打开冰箱，里面的食物竟然全部是快递的!

蒸鱼酱油、烟台梨、薯片、布丁粉、巧克力棒、冷冻羊排、橙汁、石榴汁、核桃塔、牛油、香蕉、番茄、山楂、果冻、意大利生火腿、胡椒、冷冻蜂巢、鸡蛋、奶酪、鲜奶油、红葱头、菜薹……

冰箱的冷气扑面而来，这或许是一切寒意的起源。这寒意把我死死地钉在原地，让我脖颈发僵，动弹不得。

到底是谁在搞我？

我对着塞满食物的冰箱深深地吸一口气。

一切绝非偶然。

12

小龙把快递堆满了走廊。

"姐，你怎么了？"

"拿走，全都拿走！"我隔着门对小龙喊道。

门镜中的小龙憨憨地摸头，一副不知道自己该怎么办的模样。

哼！谁知道会不会是他。

滕囡也很可疑，一个那么挑剔的人，为什么只和我做朋友？她看着我每天吃掉那么多东西，却自己去跑步。

还有，王童呢？

对于王童，我有一种说不出的不安。情人节之后我已经三周没有见他，微信上也对他爱答不理的。这状态好像又回到了大学时代，他频频追我，而我黑脸冷眼甩脾气，我甚至不记得当时为什么会这样对他。

是因为胖吗?

如此说来,会是王童吗?

当年他对我一往情深,而我嫌弃他的身材。现在我们角色互换,他却一往情深,会不会是他想报复我曾经的冷漠?

老天爷,求求那个神秘寄快递的人不要是王童!

这怪不了别人。

以他现在的表现,如果真是他搞的鬼,现在还不是他"复仇"的最佳时刻。

我一咬牙,减肥!

我必须回到过去,才能发现这一切的真相。

我突然想通了一切,如果真是王童搞的鬼,我只要瘦下来,他的诡计就不会得逞。而如果不是王童,我瘦了下来,就可以接受王童,收获爱情。管他什么恶作剧的快递,现在我只要好好减肥,很快一切都会变好。

对!就这么简单!

"是因为情人节的事儿,你生气了?"王童从微信上发来一段文字。

"给我点时间考虑,"我回给王童,"等我想通了,我会找你。"

13

一块三角形的草莓蛋糕,静静地坐在面包店的玻璃窗里。新鲜的草莓娇艳欲滴，上面还撒了糖霜。我又喝了一大口手里已经凉掉的黑咖啡，再次告诉自己，不要想，不能想，不要吃，不能吃。

我已经节食了整整一周，晚饭只"吃"一杯咖啡。体重下降明显，但随之而来的不满足感也日渐壮大。正如平时对草莓完全无感的我，此刻对这块蛋糕的热情简直疯狂。

我只想吃一口，对，一口而已。

我认真地盯着那块蛋糕，仿佛要数清草莓上到底有多少颗籽。我端详了它多久了，一口而已，能有多少热量，就这么一次，仅此而已，就当是对自己的奖励！

可我还是甩手离开了放着草莓蛋糕的柜台。

家门口的楼道上，小龙已经陆陆续续地拿走那些快递。但门口还留了几个小件，没来得及拿走。

人为什么要活得那么累？

我打开房门，想都没想，就把门口剩下的几个小件一起拿了进来。打开快递的过程如此熟悉亲切，我甚至怀疑自己根本不想忘掉这种满足。

四个南瓜饼、口香糖和……草莓蛋糕？

怎么会是草莓蛋糕？

竟然是草莓蛋糕！

我迫不及待地打开蛋糕，伸手挖了一口塞进嘴里。

此刻这仿佛不是草莓蛋糕，而是久违的幸福。

啊！

我闭起眼睛。

可，幸福稍纵即逝，如同从天堂坠落。我风卷残云地吃完了整块草莓蛋糕，又飞快地陷入失落。草莓蛋糕让之前的受罪都变成了白费，我还是这么胖，甚至会因为这块蛋糕而更胖，因为这么胖而无法得到王童。想到王童，我烦躁焦虑。

我该怎么办？

我径直走向卫生间，抱着马桶，把手指插进喉咙，拼命地抠。毫无意外地恶心。我的手指再次深入，更多的酸恶交织着草莓和奶油的味道涌上来，我趴在马桶上吐了起来。

14

滕囡到底是做什么的？这件事我始终不懂。

能给我送来草莓蛋糕的人，一定是我的熟人。这么多食物，总价并不便宜。如果不是小龙，最大的嫌疑人则是她。她不仅热爱网购，而且有的是时间。

最重要的是，她极力地反对我节食。

周末她问我要不要去跑步，我拒绝了。我要减肥，而跑步让我想吃。滕囡因此找到我家，说我"气色不好"，应该出去晒晒太阳。

"我很好。"

"屁！你家像个狗窝。"滕囡说话很难听。

"谁请你了？哼！"我也忍不住回嘴。

她脸色一黑，但还是坚持说："我想帮你而已。"

"你以为，你比我过得好，是吗？"我不屑地反问她，仿佛她讲了一个笑话。

"让你失望了滕小姐，就算我是个胖子，我还有朋友。你即便是个瘦子，也没人喜欢你。"

"你先想想怎么帮自己吧！"

我没有和滕囡对视，我不敢看她听到这句话的表情。她什么都没有说。我在她身后关上房门时，忍不住打了个寒战，我不知道她有没有朋友，但我，已经变成了一个没有朋友的人。

因为我如此厌恶我自己，我不值得有朋友。

15

一个月后。

我的体重大约少了十斤。催吐的效果奇佳，我的感觉好多了。每次实在忍不住吃东西，我都会用催吐的方式减轻负罪感。Bravo！看起来这方式确实有效。按这个速度，还有两个月，我差不多就能去见王童了！

小龙又来过两次，说来也怪，最近的快递越来越少，我不得不去超市采购食物。大部分时候我买不了什么，但有时忍不住又会一次买很多，多到哪怕我撑死了也吃不了这么多，然后又是周而复始地拒绝采购和超支购买。我的一颗心全部都放在了和自己的体重较劲这件事上。

王童依然联系我，任凭我怎么说，他不断问我怎么了，为什么不见面，他要怎么做才能见到我？

我不断地挂断他的电话，不回他的信息，经常自己抱着被子大哭一场。我只想让自己更好一点。

我开始更加努力地节食，什么都不吃，又间歇性暴食，然后不得不催吐，更频繁、更猛烈地吐掉一切之后，我光溜溜地对着镜子端详自己的赘肉，心里升起越来越多的愧疚、自责、焦虑、委屈。我习惯在夜里自己抱着被子大哭一场。这一切到底是，为什么？

我只想让自己更瘦一点。

加油！

还好，还有两个月，只要再坚持两个月，一切都会变好，我不断地告诉自己。

可是，随着催吐的频率变多，效果越来越差。每次吐完东西眼睛都会充血，视线一片模糊，喉管和食道因为胃酸而灼热虚脱，除了躺下我不想做任何事。我的牙齿酸软，咬不动硬、吃不了冷，咀嚼次数变少，下巴的骨头有些歪，再仔细看，头骨也和以前不一样了，发际线后撤得厉害，我甚至担心自己会斑秃。

又是深夜，突如其来的恶心感使我惊醒，胃液逆流，我甚至来不及冲去卫生间，直接探出头，把酸水吐在地上。这样猛呕几下之后，恶心退去，喘息渐平，我在漆黑的夜里睁大眼睛，第一次认真地问自己：一切真的能好起来吗？

黑夜万籁寂静，绝望如百蚁噬骨，万箭穿心。

16

我和晓米已经有八个月没有见面了。她刚出月子开始复健，还要喂奶，说自己已经胖得不行了。新妈妈刚出了月子，她却一定要来家里见我，我只好让她来。

见到晓米我惊呆了，她的身材几乎没什么变化，皮肤嫩得如同婴儿肌肤，满脸的胶原蛋白，胸围扑面而来。

"你的状态真好啊！"我喃喃自语。

晓米几乎说不出话来，眼圈儿却红了，她扶着我坐下，伸手摸我的脸。

"喜佳，你到底……是怎么了？"

"我很好啊，就是现在太难瘦下去了。"我摸摸大腿，强装淡然。她不理解我的痛苦，我努力减肥了这么久，却没有晓米那么幸运。

"也是，瘦不下去就瘦不下去呗！"晓米哽咽起来，又强笑，"你胖点挺好看的。"

我才不相信她，她只是想安慰我。

"喜佳，你还喜欢王童吗？"

"他？我不想见他。"

晓米使劲咬着嘴唇，"也是，你现在那么瘦了，一定很多人追，可他真的只爱你一个。"

我都说了，我不想理王童！

"不说他了，说说你，你怎么瘦的？"我转移话题。

"喜佳，王童特别特别爱你，不管你……是什么样子……"晓米的眼泪竟掉下来了，"你看我，女人一生孩子可脆弱了，荷尔蒙，动不动就哭。"

我伸手去帮她抹泪，我的手映在她脸上，枯黄干瘦，她的脸白嫩如雪。我恍惚了，这是什么？谁的手？这手是哪里来的？

晓米的眼泪滴在手上。

"喜佳，你醒醒，醒醒吧！"她使劲地摇晃我。

我吓坏了，怎么回事，我好不容易才瘦了一点，我挣扎着起身，"你走！"我听见我自己朝晓米喊起来："你出去！"

"就是你！就是你给我的那些快递！就是你！"

尖叫声越来越大，把我包了起来，吞了下去。

陪晓米同来的王童冲进屋来，晓米还在不停地尖叫。我正死死地抓住她的脖子，手指仿佛钳子，如要置她于死地。王童轻易就拉开了我。

"喜佳！喜佳！放手，喜佳！清醒一点，振作一点！是我，喜佳！"

我看见王童看我的眼神，那是惊讶而怜爱的眼神。

我没有力气了，倒在了王童的怀里。他的眼眶里有什么不停打转。

"喜佳，喜佳，你，嗯呜，呜呜呜……"

王童停止说话，这世界终于安静了。

17

叮咚！

我唰地坐了起来。

叮——咚！

"谁啊？"

"您的快递！"

"快递？"

我打开门，快递员熟练地举起一个包裹，让我签收。

快递单上收件人的姓名和电话模糊不清。

我对他说："这东西不是我的。"

还不认识我的小龙仔细查看底单以后搔头道："可的确就是这个地址啊！"

是吗？

站在门口的我，这一幕似曾相识。

我想起来了，有一种故事，你希望它从未发生过。人生中每一个定点的抉择，都有可能引发一个全然不同的平行宇宙。当我们总在期待"如果还能有明天"时，其实更多的是在遗憾"如果能回到昨天"。

18

这世界所有无须回报且永恒供应的东西，都是通向地狱的航船，而贪念就是一纸船票，长在人间最不起眼的角落里、最不自信的灵魂里、最不平衡的爱恨中。

即便是原本不喜欢的食物，若一而再再而三地送到嘴边，人多少还是会尝试的。接下来，尝试变成了习惯，再变成喜欢。

再变成贪恋。

再变成贪念。

贪念从不来自地狱，而长在人间。

士多啤梨

粤语翻译成普通话最难猜到的一个词，应该就是"士多啤梨"了。这种演绎法本身土洋结合，讲外语的看不懂，讲国语的听不明白，这Made in Hong Kong 最有本地特色。

1

茜姑娘在钱柜KTV第一次认识文森特时，他讲了那个老土的"草莓"笑话。

有一天，有两只牛在吃草。

一头牛问另一头牛："草是什么味道的？"

另一头牛说："草没味。"

"让我吃吃看。"

另一头牛吃了草，大叫："你骗我！什么味道也没有！"

那一头牛说："对啊，就是说草'没'味的嘛。"

没有人笑。

同事金小姐一耸肩，"好冷。"

文森特则自嘲说："如果累（你）在香港就唔（不）会有这笑话，因为广东话叫草莓'士多啤梨'的嘛。"

金小姐傲慢地翻了个白眼，对茜姑娘一噘嘴巴，用口型说：“港屄。”

刚改革开放的时候，港人北上，觉得内地什么都土，难免趾高气扬。可这边的大哥、大姐、大妈和大爷也不是吃素的，保不齐看不顺眼的，瞅啥瞅，瞅你咋的，撸胳膊卷袖子的，一旦真站起来要找野湖单挑，港人骨子里趋利避害，好汉不吃眼前亏，立马认屄。内地人遂觉得，香港人都是驴粪球，外光内贱，故称“港屄”。

北京土著金小姐就是这么想的。金小姐看人，如针灸入皮，不看颜值性格，只寻筋络经脉。文森特被金小姐定义为“港屄”之后，配合地唱起了张国荣的老歌，唱腔神色都和哥哥有几分神似。

“什么情况？不是阿猫的男朋友？”茜姑娘问。阿猫是金小姐的台湾同事，文森特正是经阿猫大力推荐，才成了茜姑娘和金小姐的客户。

金小姐笃定地说：“不是，一个台湾人，一个香港人，能成早成了。”

阿猫是正经的台湾原住民，家里都不是当年赴台的外省人。文森特爸爸是香港人，妈妈是上海人，基本算是香港混血儿。他在美国上的学，还能说日语，对国内文学也颇有心得，说起钱钟书、沈从文来如数家珍，家里藏书藏唱片。他还是吃货一枚，资深日式拉面爱好者，撸串烤大蒜也不在话下。

虽然帝都的国际化程度日臻成熟，从清朝就有洋人在紫禁城边儿上定居，但是在土生土长的北京人眼里，“老外”舍家弃业——尤其家里条件还不错的——到另一个地方来混，多少都是在本国混不下去的。

　　金小姐觉得，这"港尻"怎么看都像故意要融入我们大中原爽朗淳朴的生活中，以接地气之名捞一把的，却被她明察秋毫地给摘出来了。好在她北京精神，厚德载物，容了他，但对他的鉴定报告已在金小姐脑袋里黑纸白字地成形了。她再次笃定地对茜姑娘说："香港人和你再好，骨子里也是看不起内地人的，喊，谁稀罕！"

　　如果说香港、台湾是榴莲、槟榔，那我们就是如假包换的大白菜了。三者毫无可比性不说，还互相看不上。

　　2

　　看不上也许还是看不上，但搞得上还是真的能搞得上。

　　套路和真心双管齐下，女不丑男不瞎，气味相投的人一个眼神就够。

　　"不好喝，你喝吧！"茜姑娘闻了闻，摆摆手，推掉了文森特递过来的杯子，"我还是爱喝红的。"

　　此刻，事后，酒店里。

　　体力消耗巨大，实在懒得出门，客房菜单里随便选了几个。

　　"什么时候酒店能让麦当劳外送到房间，中国人就真正改变世界了！"客房服务是好，但价格还是不菲，文森特合上菜单抱怨了一句。

　　"还是美国快餐啊？"

　　"中国的猪，中国的牛，中国的水，中国的面，中国的单车、快递员和人民的币，哪有美国什么事儿？给他们的面子吧。"

文森特这话说得大气，把茜姑娘逗笑了。

他爱喝白酒，经常形容白酒是中国人的"魂儿"，舌头明明是硬的，非要说儿化音，不伦不类。翻译过来，白酒于中国人，如同威士忌之于苏格兰人，伏特加之于俄罗斯人，是中国这个五谷杂粮农业大国的灵魂。

"红酒对身体好。"茜姑娘还躺在床上，一片巨大的白色床品包裹着身子，只露出两条长腿随意交叉着。

"内地人呢，食（吃）葡萄连葡萄皮都不吐，根本唔（不）舍得用葡萄去酿酒的嘛。"

"喜欢那劲儿。"

"附庸风雅。"

"那你附庸风俗！"

文森特哈哈地乐起来，好像这是对他的夸奖。他爬上床，亲昵地抱了抱茜姑娘，让气氛亲昵一点。

"你知不知道，KTV唱歌那天，我就发现你很有意思。"茜姑娘说。

"怎么？"

"你带着一把伞。"

"So？"

"是那种长长的有手柄的伞。"茜姑娘说，"很少人用，很……老派。"

犹豫的瞬间她想起了"港尿"两字，又咽了回去，加以解释说："你们美利坚人民用得着这么英国贵族范儿吗？"

文森特耸肩，虽是港人的脸，但这是他美国人的无所谓表达法。

没话说了。

性无百日好，又是关系户。茜姑娘喜欢的确是文森特这款，但有种莫名其妙的不自信总让她惴惴不安。一会儿唯恐金小姐知道了撇嘴，一会儿担心阿猫听闻以讹传讹，一念之差，茜姑娘主动和文森特断了联系。成人世界的善解人意令人轻松，文森特顿悟之后，再不纠缠。

3

不久后，文森特交了正式的女朋友，一个工作中认识的大胸妹子。妹子给自己起了个英文名字叫潘多拉。潘多拉除了 F 罩杯的胸，还有对文森特事业、生活、爱好所知的一切的盲目崇拜。文森特很享受被顶礼膜拜的感觉，这让金小姐颇为不忿，对这个男人以美国之国籍、"港尿"之身份却没有领会西方倡导的男女平等精神深表不满。

"比北京爷们差远了！"金小姐如是说。

茜姑娘没接话，多说多错，她唯恐被金小姐人身攻击。

金小姐的声声抱怨，却也被她句句听进了耳里。

香港人是最现实的。尿就是现实，对现实认尿，理直气壮。

茜姑娘把文森特从自己的手机里删掉了。

4

又过了一段时间，出差回来的金小姐从台湾的阿猫那里听说，文森特和潘多拉分手了，原因是女人逼婚，而文森特不想结婚。潘多拉天天找阿猫微信诉苦，文森特也天天找阿猫微信诉苦，后来阿猫急了——任凭台湾女孩脾气好得有口皆碑——也急了！

"我就说他们俩谁再因为感情的事情打给我，我就拉黑谁！"

潘多拉三个月后便换人结婚了。

这侧面印证了文森特的名言："内地女人多是不懂谈恋爱的。"

在他看来，一个女人如果只知道相亲、逼婚、谈条件，或者让男人拎包、刷男人卡的话，不完全算是恋爱。真正的恋爱是调情、勾引，亦正亦谐，又真诚又情趣，一会儿夸一会儿虐，在傻白甜和高冷黑之间自由切换，把男人撩到百爪挠心又不得手，这才是真正"谈""恋"和"爱"。

对此，金小姐用了那句"不以结婚为目的的谈恋爱都是耍流氓"反击之。

谈恋爱的最终，面对面的不是人，而是人生观。人还爱，可人生观不爱没有办法。文森特伤心欲绝，号称自己需要两年才能挺过这段"刻骨铭心"的爱，玩起了消失，没了联系。大家既不理解他爱潘多拉却不和人家结婚，也不相信这消失全然是因为失恋。暗地里，有同事说他是商业间谍，因为身世复杂，在外商界搜集情报，被火眼金睛的我党商务犯罪部门带走了。茜姑娘有点可怜文森特，不管哪一种真相，大家都不愿意相信他。

只因为他"港戾"吗？

何其可悲。

5

又过了不久。

距离认识文森特快三年之后。

文森特在微信上找回了茜姑娘。茜姑娘此时早已经离开那家公司，进入了出版行业。他从金小姐那儿问到茜姑娘的新电话，问茜姑娘能不能帮他出一本书。彼时正赶上一个"五一"假期，他着急约茜姑娘见面，却又定不了准确时间，而茜姑娘要和男朋友休假，便也没有再追问。

金小姐又翻白眼说，彻头彻尾的"港戾"，香港人骨子里是看不起内地人的，却还要利用你。

茜姑娘的男朋友因此评价，金小姐可真是嫁不出去了。

茜姑娘对金小姐的牙尖嘴利并不苟同。可回想到文森特的往事，又不由得抓来金小姐的毒舌金句安慰自己："谁年轻时没爱上过几个渣男呢？"只有在下雨天偶尔看到长伞，茜姑娘才会突然想起，明明是我甩了他啊——其实文森特算不得太坏。

　　文森特还是出了书，内容是流行的心灵鸡汤，市场上最受欢迎的一类书。他那些读过的书没有白读，走过的路也没有白走，都化成了一个中年大叔漂泊异乡的文艺情怀和独特的人生感悟。

　　书的销量不错，他俨然成了网红，加上帅气的颜值，上了电视，喜爱者众。他侃侃而谈自己初一、十五吃素，热爱各种民主读物，对老舍、鲁迅之爱犹如滔滔江水——就连这些名字从一个"港尻"嘴里说出来都呈现了迷人的怪诞的风情。

　　6

　　茜姑娘结婚了之后，渐渐没有文森特的消息了。直到某日，她在洛杉矶一家著名的汉堡店遇到他在前面排队。她挺着七个月的肚子，一脸妈妈相。他穿着合身的衬衫，衣领开两扣，带着一把长手柄的雨伞。

　　"还带着伞？这儿可是洛杉矶，阳光海滩！"茜姑娘指着他的伞笑起来。

　　在阳光下，旧情人合吃了一顿汉堡。他没有请客，虽然从他的言语间流露出他的财务状况蒸蒸日上的消息，且汉堡也便宜，才8.99刀一个。

　　"不泡你，没有义务请你，你懂的。"

　　"港尻"依然保持着他识时务者的心态，直言不讳，和以前一样。

在他泡茜姑娘的时候，快把北京的五星级酒店吃遍了。而现在茜姑娘
摸着圆滚滚的大肚子，也不能生气。

两人晒着温暖的太阳，加州的午后蓝天抱着白云，如跳舞般转来
转去，飘来飘去。

"亲情这东西真的没（法）解释。我唔（不）想的，可谁让她生了我，
系（是）我老母。"

文森特抱怨他妈妈在香港的房子被白蚁吃空了，重新装修要他出
三十多万元。

"你看过《东京物语》？我唔（不）想当那样的父母，好可悲。"

文森特说起为什么他不相信"养儿防老""无后为大"这类几乎
是最典型的中国精神，引用了日本导演小津安二郎的电影。故事里一
对老人来东京看望三个子女，结果却是失望而归。

他毫不顾忌茜姑娘正大着肚子，说孩子都是婚姻这口棺材上的钉
子，多一个孩子，多一颗钉。

文森特还是单身，也不打算结婚。他依然混迹人生，以及四处
旅行。

"偶们香港人都是无根的。说偶（我）是中国人，你信，也都唔
（不）信。我食（吃）黄焖Jimmy饭，你都唔（不）信我们能好好生
活在一起。"

他说对了。

7

分别的时候，文森特给了茜姑娘一个温柔的拥抱。

"你知吗？第一次见面的时候，偶还故意讲了个 strawberry 的笑话。那是我刚学会的，可你们都不觉得好笑。"

记得，茜姑娘当然记得。

文森特："当时只有你笑了……"

茜姑娘看不到自己此刻的表情。

"和这阳光一样……"

但阳光下文森特的眼角已经有了深深的皱纹。

"……好暖。"

文森特绅士地沉默了几秒，好像是害羞地说出这话。

茜姑娘心里突然涌起一阵悸动。

榴莲、槟榔和大白菜，真的有那么不同吗？

如果那时不把他当成"港灰"……

这结局会不会，不一样？

小王护士

1

有一段时间方方认识了一个混剧组的大哥。这个大哥总爱拉方方一起吃饭喝酒。那阵子，方方刚失业，游手好闲中，隔三岔五便去大哥的剧组探班。

有一天要拍医院的戏，地点在一个专门拍摄医疗剧的摄影棚。方方到来时，大哥正忙，抓着方方说："来，帮我客串个大夫。"方方便凑热闹地换上了医生服。

"没词儿，一会儿从主角儿的背景里走过去就好。"大哥说。

于是方方和其他一票群众演员坐在等候区的椅子上发呆。放眼看去，原来要演群众演员就要有一张群众的脸——其貌不扬，特征不明，走在大街上不会被人回头看一眼的那种——欸，怎么有个美女?

在第三排的角落里，竟然坐着一个美女。皮肤白皙，杏眼流波，耳郭如画，高冷十足。她穿的应该是自己的衣服，看起来不像便宜货。鞋子尤其醒目，上面有很多金属钉，露出的脚踝纤细，方方不由得心生几分邪念。

方方向大哥问起来这个姑娘。

"哪个?"

"最漂亮的那个。"

"哪个？"

"哥，你眼睛没事儿吧！"

"哦，'钉子'户？"大哥说的是美女的鞋，"那是'小王护士'。"

"护士也能当群演？"

"你眼睛没事吧？你也不看看这是哪儿，这是医院戏。"

"医院怎么了？"

"戏里的'小王护士'。"

工作人员忙乱，闲杂人等不敢，小王护士那么美，竟然没人理她，她就这样孤零零地坐在那里。

小王护士的戏，按群演而言，很不错，是有台词的。讲的是两个主演正在办公室倾诉衷肠时被护士打断。剧本要求，小王要急匆匆推门而入，突然发现男女主角在屋里表白，气氛尴尬，她要说一句台词："张医生，52床病人家属找您。"然后敬业的男主角要收回情绪，随她出门。

就这么点戏。

小王换上了粉色的护士服，粉黛温婉。

准备，开机，开拍！

慌张的小王护士推门而入，看见男女主角，她流露出一种自然的尴尬，然后说台词："张医生，52床病人找您。"

现场扑哧的笑声顿起。导演也乐了，"再来一遍，就是台词错了，其他都好。"

小王护士脸一红，点点头。

第二遍。推门，打断，尴尬："张医生，54床病人……"

"不好意思，再来一次可以吗？"导演还没有喊停，她自己先跳戏了。

停！导演这次没乐，再来！

第三遍。推门，打断，尴尬："张……医生，52床那个……病……家属……"

"停！停！"导演愠怒。

女主角走出来，叫着助理走进休息室，十分钟都没出来。

导演坐不住了，让大哥去给小王护士说戏。她委屈地坐在凳子上，感觉就快哭了。

准备，开机，开拍！

推门，打断，尴尬……

"张医生，52床病人家……属正找你呢！"

"对不起，导演，对不起对不起！"

导演什么也没说。

女主角走到监视器前，说道："导演，咱们后期配音吧，别难为她了。"

导演会意地说："行了，行了，这条就这样吧。"

小王护士就这样结束了她长达十小时等待之后十分钟不到的戏份。

2

方方假借剧组之名，要了小王护士的电话约她吃饭。小王看方方和大哥相谈甚欢，以为方方也是制片。方方没承认，也没否认。

他并没有强烈的负罪感。相反，方方觉得自己独具慧眼，没人看到小王护士的美吗？

他们都是瞎子！

"女演员们都那么漂亮，我这模样的，扔进演员堆儿里，什么也不是！"

"胡说！在我眼里，你比赵薇都好看，你只是少个——机会！"

之后，方方和小王护士上了床，方方好像突然有了点罪恶感。因为小王护士，是真心想演戏。

"可我一看摄影机就紧张，怎么办？"

"打开自己，忘记自己。"

"什么意思？"

"旁若无人，目空一切。"

"你能讲具体点吗？"

"不要紧张就行了。"

"呸！"小王护士发现他只是打诳语，恍然大悟地啐他，"你不教我，再不理你了。"

方方哑然苦笑。

3

为了躲小王护士，方方最近一概不接来历不明的电话。与其说是烦恼，不如说他心虚。毫无意义地表演教学之后，他意识到再不斩仓，就快被套牢了。除了想当演员这一条，小王护士的颜值、身材、性格、爱好，对方方的好，确实是 99 分女友，足够配他两个方方。可加上了要当演员这条，就如同加上了负号，一下子变成了负 99 分女友。越漂亮越容易被盯上，越单纯越容易被骗到。

对！连我这样的都能把她骗到手！

方方想起来，后背脊不由得冒起几层冷毛汗，这事儿有点不地道，可……

爱美之心，人皆有之。

对！对！

我也是人，我也是人。

方方很快就原谅了自己，只是大哥的剧组，再不敢去了。

一个多月以后，小王渐渐不打电话寻人了。等方方意识到这一点之后，他竟又有点难以接受。

就一个月！

就，一个月？

我是这么容易让人翻篇儿的吗？！

回想起小王护士的笑颜，他怅然地想，女人善变，红颜难测。

美人心计！

对！蛇蝎心肠！

对！对！说不定她还图我什么呢！

方方内心的孩子气来了，点头如捣蒜，自己真他奶奶的太单纯了！

太单纯了！

自古多情总被无情恼。

他失恋了。

4

大哥那部戏杀青了，比预计的提前一周。制片人想既然省了钱就犒劳一下大家吧，遂决定在杀青当晚请全剧组吃自助餐。

大哥假公济私叫上了方方。时已近半夜，剧组几乎包场。这种时候混剧组的吃起饭来可绝对不会客气，所以制片人选自助餐是明智之选，随意饕餮，不醉不归。导演和主角们意思了一下就离席而去，剩下来的各色人等，声色犬马，简直是场流动的宴席。

方方四下张望，没见到小王护士。

"那'钉子'户早被换掉了，好看是好看。"大哥似乎看出了他的心思，说道，"好看又会来事儿的还排队呢，不会来事儿哪行？"

大哥指着自助餐台上的小鲍鱼。

"你看这鲍鱼，多矜贵，可就这样的，一堆堆儿地，等着被人挑挑拣拣到晚上，再贵的东西也得掉价呀！"

小王护士就是那掉价的鲍鱼。她本是矜贵的，奈何这世界最不缺的就是"鲍鱼"，到处都是，鱼满为患。

群众鱼满为患，群演鱼满为患，平庸鱼满为患，精英鱼满为患，美人鱼也是，美满为患。

那一夜，方方包圆了自助餐的鲍鱼。大哥取笑他："你是有多缺爱？"

鲍鱼不新鲜了，方方还没到凌晨就开始上吐下泻。他算是把和小王护士有关的一切，全部消灭在马桶里了。

从医院输液回来，方方自觉如婴儿般焕然一新。

5

再见小王护士，方方已经进了新公司，每天和客户吃饭，陪洗澡陪唱歌陪按摩。

有一次，客户带了女朋友来，据说是个小明星。方方抬头一看，竟然就是小王护士。

她略施粉黛，美丽依旧。

客户疼爱地把小王护士介绍给众人。

"我一看她就知道她一定能出来，一点不像现在那些轻浮的女明星。"客户指着她的脸，"我做生意这么久，看人最重要的是眼神，你们看——"

小王护士眼光若无其事地跳过方方，一副不明就理的样子。

"看她的眼神，看到什么？什么？拙朴！"

方方心想，什么玩意？

"拙朴啊，难得糊涂的简单。"客户看众人不懂，用大白话解释，一副得意扬扬的表情。

呵呵，呵呵。

"她就是少个……机会。"客户满嘴都是心疼。

你大爷的！方方心想，能不能不抄我的词儿？

客户准备给小王护士投资一个网络剧，随便玩玩，任她发挥。剧本讲一个想当演员的女孩被渣男欺骗之后，决意复仇，最终在高富帅的帮助下成为女明星的故事。

这剧情烂死了，但拍马屁的众人纷纷点赞。

"有意思！"

"一定火！"

"肯定红！"

方方盯着小王护士的眼神看，能看出来什么，拙朴吗？

小王笑意嫣然。

"你们别看她这么文弱，摄影机一架，立刻上范儿，演技一流。"客户竖起大拇指，"上次有一场感情戏，她那个眼泪滴溜打转呀，我看都看哭了！能感动我的，你们知道，不多了！"

点赞派又一轮攻势。

"不容易！"

"哭戏难！"

"好演员！"

"王小姐，你怎么演的呀？换作是我，一面对摄像机我就紧张。"方方忍不住了。

小王护士忽闪着眼睛看向方方。

方方突然产生了一种幻觉，会不会，她还爱着我？

"打开自己，忘记自己。"

点赞派装傻，"什么意思？"

"就是目中无人，旁若无人呀！"

会不会，因爱生恨？

点赞派追捧："说着容易做到难哦！"

会不会别想了，自古戏子无情。

"别聊我了，菜都凉了。"小王护士转移话题，"反正不紧张就行了。"

　　小王护士真的成了好演员，可这桌的好演员并非只有小王护士一个人。这世界男女间的来来往往本来寻常，但无疑，演技是过好这一生的必修课。

　　他甚至都没有问过小王护士的真名。

　　她转向方方，"对了，方先生，可能您没听清，我不姓王。"

美人计

1

得知琪琪要从广州分公司调到北京总公司工作，位于国贸桥的总公司办公室扬起了粉红色的风。

原因是，琪琪太漂亮了，是那种过目不忘的漂亮——大眼睛、明眸善睐、细腰肥臀。人人都知道她是广州分公司里最漂亮的一个，客户会面、媒体采访、业务咨询，美人的名声在外。

琪琪到北京办公室上班的第一天，那些以前和她有过接触的中外男同事故意见缝插针来打招呼。

"第一天？欢迎欢迎！下午请你喝咖啡吧。"

"来北京了，真好！这下又多了一个理由来上班了！"

"美女，早就听说你要来了，中午一起吃饭，给你接风？"

各种废话。

Welcome Lunch 是部门老板请客，一个大龄离异天蝎座的女强人，姓宋，大家背地里都叫她宋老大。整个部门的人都参加了，宋老大貌似轻描淡写地在饭桌上问起琪琪的感情生活。

琪琪含笑着说："我有男朋友啊！"

午饭过后，消息不胫而走。琪琪与男朋友都是彼此的初恋。男朋友是她高中同学，会足球，会唱歌，型男玩文艺，什么女孩都抵挡不住。

大家纷纷扼腕，可转念又觉得顺理成章。这么漂亮的女孩没有男朋友岂不奇怪！这么漂亮的女孩有且只有过一个男朋友，岂不难得！这么漂亮的女孩和男朋友两地分居了，岂不妙哉！单身美女不容易找到主儿，有男朋友的，却往往能激起同辈的雄性竞争。

2

最早知道琪琪新恋情的，是办公室的阿姨桂姐。

桂姐已经快五十岁了，三代同堂。和其他公司的阿姨不同，就算是做端咖啡、倒垃圾的活儿，桂姐也会穿着颜色明快的紧身膝上裙去做。办公室里上下五千年的综艺娱乐事件桂姐都知道，虽然没人能确切地知道桂姐神秘的小道消息源自哪里。

"她的男朋友是市场部的老瑞，两个人从同一辆出租车上下来的……"看过众多人间风景的桂姐宠辱不惊地爆了猛料。

老瑞，Richard，市场部的老大，是唯一身在中国却是纽约总公司嫡系的老外。他是个瑞典和泰国的混血，四十开外，高个子深轮廓，名副其实的美男子，西装笔挺，风度翩翩，办公室黄金单身王老五。

老瑞是个多情种，不省心。办公室人人都知道，同事偶尔当着老瑞的面开玩笑，以"多情总被无情恼"形容他的感情生活，他却并不恼怒，甚至引以为荣。

最早他用以回应的中文是："暧昧之心，人人有之。"

后来进阶成了，"男人布（不）坏，妞人布（不）爱"。

琪琪来了以后，他总是说："同病相恋，悻悻像戏（同病相怜，惺惺相惜）。"美其名曰，两个人都是饱受美丽之累的重度患者，人生还果真像戏。

地下情曝光，琪琪以迅雷不及掩耳的速度登上了办公室的头条。加之男主角是部门领导，还是老外，各轮地毯式的大起底以洪水海啸之势头涌起，在办公室里伴随着同事们五味杂陈之情静悄悄、轰轰烈地蔓延开去。

同事们一方面希望终极美女能搞定洋人领导，为国人扬眉吐气，另一方面又觉得琪琪也不过如此——睡老外的中国女人总还是有个暗面的标签——不就是因为他是老外吗？

对此，桂姐有她的思路。

"老外也分三六九等呀！就算不靠脸，老瑞在公司这位置也可够交几个女朋友的，更何况他还是大帅哥！凭什么不花？"桂姐的说法明显带着外貌协会范儿，"好看容易吗？谁看不顺眼先好看一个我看看！"

很快，郎貌女貌的老瑞和琪琪恋情坐实，成为办公室里人人皆知的一对儿。

3

宋老大最近失恋了，日子很闲，总是拉着部门同事们晚间去喝酒。为了逃避现实，她打着团队拓展的旗号硬生生地造出来一次 outing，带着一票人于某个秋高气爽的日子，去了海边。

晚霞落山，凉风徐徐，灯光点点星星，波涛扑打着海岸线。男男女女们坐在阳台上，酒足饭饱，话题也渐入佳境，无外乎是情、性、段子、真心话大冒险。不知怎么，话题就说到了性幻想对象。

一位 1976 年的主妇说："吴亦凡。"

一位 1986 年的已婚女说："黄晓明。"

一位 1996 年从未恋爱过的实习生小朋友说："吴秀波。"

宋老大差一点翻白眼。原来女性的性幻想对象是和年龄成反比的。

轮到琪琪了，她有点喝多了。

她说："……廖凡。"

谁？

众人在哄笑中觉悟，原来有时候美女不愿意搭配传统型帅哥，古今中外只有童话故事里金童玉女的两个人才能白头到老。

"原来我们琪琪爱得这么非主流！"宋老大话锋一转，"他追你也用了不少力气吧？"

喝 high 的琪琪腮若桃红，眼光盈光闪闪，一直摇头。

"瑞？说实话，我从来不相信一见钟情……可第一次见他，我就知道是他……可能这就是我的命中注定吧。"

宋老大笑笑，"原来你信这些。"

琪琪说："现在信了。"

"与其相信命，还不如相信美。"宋老大意味深长地说，"你们两个美人，一见钟情的是美，不是命。"

琪琪笑得花枝乱颤，"他确实是个美男呢。"

宋老大看她的醉相，不由得感叹美人真情流露果然楚楚动人。

"不过，美有多被人爱，就有多遭人恨。"

琪琪微醺间并没有听懂这句。

4

今天办公室的氛围很不一般，波涛暗涌，天下似乎将要大乱。

一大早全办公室都收到了两封邮件。

第二封，来自 IT 部门老大，他说如果谁收到了一封名为"老瑞和琪琪不得不说的事"的邮件，不要打开，邮件有病毒，请立即删除。

至于第一封，当然，就是那封必须要打开的"老瑞和琪琪不得不说的事"邮件了。

IT 部门此刻显示出了外企应有的嘴严、正经的特征，但 IT 部门老大的提醒显然为时已晚，已有勤劳早到的同事把那封桃红炸弹"不得不说"反复阅读、极速传播。

纵然大家有一定的心理准备，还是惊讶于本文的匿名作者密密麻麻地写了老瑞和琪琪的这段恋情，指名道姓，言辞凿凿，痛心疾首。最重要的是，这封信点明了老瑞还有其他的女人，不止一个女朋友这个事实，满纸都是肃清鬼子的口吻，让人觉得在如此德高望重的外企机构还能任由这种人渣身居高位，简直等同于窝藏罪犯，影响国计民生。另一方面把琪琪形容为破坏他人恋情的蛇蝎女，卖弄色相，心机深重，对感情极不负责，说谎话张口就来……还有些充满想象力的段落真假难辨。

谁写的？老瑞的那些旧爱？单恋琪琪的那一拨人？好难猜。这两个人在办公室都有"宿敌"，那些得不到的，和已失去的，表面上其乐融融的，暗地里都说不定能做点恶心事。

这封信即便放在奇闻逸事的领域，从内容到文笔亦属上乘，显然出自高人之手。道貌岸然的办公地带是禁不起撕破脸的。老瑞把自己关在了办公室里没有露面，琪琪则陷入了另一重尴尬和羞耻。

原本人人都知道地毯下面是虱子，可谁也没当个事儿。可如果有人非要翻开来查看，那就会变成大事。与其说不能违反公司规则，不如说不能违反公司的潜规则。

翻地毯就是潜规则，翻了必然有人要当替罪羊。

大家都期待该发生点什么……

狗血吗？哦，不，那不是外企思路，没有一哭二闹三上吊四领导谈话五离家出走，六倒是中了！

走为上。

第二周，人事部宣布老瑞在中国任期将满，将把他调回纽约总部。嫡系果然有嫡系的好，那边没有人了解中国市场，董事会又要加大对亚太区的投入，调回纽约老瑞还升了一级。至于真相，大家故作不知。办公室为老瑞举行了美好温馨的告别 party，大家假惺惺地祝福他前程似锦。

席间没有人提及琪琪。宋老大穿了吊带衫、宽腿裤和高跟鞋，拉着老瑞的胳膊说："Richard，你太坏了，说走就走，舍得离开帝都吗？"

"舍得，舍得，有舍才有得。"老瑞苦笑着卖弄他的中文。

宋老大话里带话："你舍了我们这帮同事，得了总部那些美国姑娘吧？"

"非也，非也。"

"得了，得了。"大家哄笑。

中文博大精深，双关一语成谶。大家都觉得以老瑞这一身男神配置，绝对可以在纽约总部的"妇联"继续风流下去。

第四周，行尸走肉了一阵子的琪琪也提了辞职报告。宋老大没有批。

"难道这世界里男人闯的所有祸都要女人来擦屁股吗？！亲爱的，现在是二十一世纪了，好好工作吧，少谈不靠谱的恋爱，别总胡思乱想。"

大家不明白宋老大为什么会留下琪琪。有人说是女权主义，有人说是同情泛滥，还有脑洞大开的，说宋老大是不是有点那个的倾向……八卦了一阵子，最后都不了了之了。

5

老瑞走后，宋老大官升一级，接替了他的位置。

办公室恢复了平静，或换言之无趣。

又过了半年，纽约总部重组，老瑞不知道走了什么鸿运竟被任命成为亚太区总裁，他上任的第一件事就是把宋老大升成了大中华区的市场总监，附带让她管理日韩、蒙古以及我国香港、台湾等东南亚的全部市场运营。

宋老大在十八个月里实现了事业上的三连跳，跟着宋老大的琪琪也顺便升了职。有天桂姐闲聊说起来，说以前办公室爆出丑闻，主角们都人间蒸发，只有老瑞和琪琪这段，两人双双越升越高。

琪琪念及宋老大的谆谆教诲，一心工作，霸气初显。同事们已经不怎么动她的心思了，倒是外面的客户经常不咸不淡地问起琪琪。

"估计我们这小庙很快就留不住琪琪了，"宋老大有时和客户开玩笑，"她那么美，外面机会更多……"

这话的逻辑，听上去总是有点怪。

6

立冬之后，桂姐开始在办公室传播另一段劲爆八卦。

"我可是听孙哥说的。"孙哥是老瑞之前的司机，接送老瑞往返公司和他租的高级公寓。

"公寓有个常客，女的，从晚上一直逗留到早上才走，连保安都认识她了……"桂姐依然慢悠悠地倒咖啡，"说是谈工作……大 boss 们在一起，你说，能干什么？"

桂姐说的是老瑞和宋老大。

老瑞和宋老大？众人瞪大了眼睛。

"那时候还没有琪琪呢。"

老瑞……宋老大……琪琪……即将被同事们淡忘的桃色新闻似乎要转为政治阴谋论。

可，如果宋老大也和老瑞好过一场，难道不应该对琪琪这种美女严防死守？难道不应该对琪琪的插足怀恨在心？为什么还给琪琪升职呢？

"还不是因为人美呗，"桂姐说，"人美好办事。"

宋老大留下琪琪，是人美好办事，有她就有业绩；而宋老大利用老瑞，也是人美好办事，有他上面就有人。

都是美人，风险投资，鸡蛋不会放在同一个篮子里，只要都对宋老大有利，三五绯闻这点事儿是多么微不足道。

7

宋老大的三头六臂深谋远虑开始成为办公室的一段传奇。有人议论起当年琪琪被调到北京，就是宋老大的意思……碌碌无为死干活儿的同事们更不由得交口称赞天蝎座女人可真是深不可测啊！

有一次，宋老大和同事们 outing 喝酒时自己提起来这事。

"竟然有人说是我策划的，太可笑了！在大家心目中我是这么厉害的角色呀，哈哈哈！"

宋老大抿了一口酒，"我只不过相信自然法则，美就是生产力。美人自己身在其中，看得糊涂，我只是旁观者清、顺势而为罢了。"

谁也不敢搭话，谁也不知道该说点什么。

"非要说是我，"宋老大幽幽地说，"我也不反对……你们看桂姐，多漂亮的阿姨……"

酒热夜深，同事们乖巧地四下散去。

吵架万能药

1

宝哥和他女朋友明明南北相向地坐在一家重庆火锅店里吃饭。隔着锅底的热气,他们两人的透明度都拉高了百分之二十。我坐在东边,火锅的下风向。你能想象吧,火锅的热度和我的血压同步飙升。

"我怎么知道?女人都爱走极端。"

宝哥一边不耐烦,一边吃肉,丝毫不看明明今天美艳的低胸。

"要不就必须行,要不就必须不行。没兴趣时一句话都不爱听,有兴趣起来事无巨细什么都要过问,别怪我没说,我最烦这种。"

宝哥回了一句:"男人都烦!"

明明幽幽地说:"你们男人得不到的时候饥渴得要死,等到手以后,又把人家一脚踢开?"

"对!没错!得不到时,我的确很想要,得到了以后我也很想要,但……是,我有时需要你配合我假装一下,不是一直,偶尔就行,偶尔假装你不想要我了,男人才有动力。"

宝哥一边说,一边夹了两把鸭肠下锅,豪爽地用筷子扒拉着。

"为什么?"

"好提醒我啊。"

"提醒你什么？"

"提醒我爱你啊！"

隔着火锅的雾气，我坐立不安地目击这对情侣的吵架。唉，此刻我这个电灯泡真想啪一声自行憋灭自己。

明明咬牙切齿地放了一句狠话："卑鄙！"

我的头平行摇向宝哥，他仿佛没有看见，呼啦呼啦地吃掉鸭肠，香油和蒜泥还流淌在他的嘴角。他使劲嚼着，面不改色。

我又看向明明，明明哇的一声哭了起来，站起来就走。

等我再看回宝哥，他扑哧笑出来，蹭蹭我，"我故意气她呢。"

我尴尬地呵呵起来。

2

明明一直等着宝哥求婚。

四月，她陪他去美国出差。行前一周的周末，她和宝哥吃云南菜。等菜的时候，宝哥突然说："咱们结婚吧！"

明明一愣，一时竟不知道该怎么回答。初春的阳光透过餐厅的天窗漫洒下来，洒在桌子上的米线和茄子上，洒在他脸上。那个时刻，明明突然有点眩晕。

他接下来说："在美国结婚在中国不算数吧？"然后哈哈地笑起来。

多讨厌！

"他这不是故意气我吗？"明明哭诉起这件事来手微微地发抖。

"是他不对，是他不对。"我点头附和。

在拉斯维加斯，他一直在说结婚的细节，但从来不问明明愿不愿意嫁给他。有一天晚上两人甚至转到了拉斯维加斯著名的小白礼堂，可之后又如观光客一般若无其事地溜达了回来。

明明忍不住了。从首都机场回家的路上问宝哥："你到底为什么不愿意求婚，我能知道理由吗？"

他说："你怎么知道我不愿意？"

为了"我不问，你不说，我怎么能知道你在想什么"这个哲学问题，两个人争吵了一路。

宝哥烦了，"是不是不求婚就不结婚了？"

明明说："是。"

他说："那我就——不——求！"

明明说到这里，嘤嘤地哭。

3

宝哥举着半支烟停顿了半天，"有时候真听不懂她在说什么。"

"她总是跑题，说着说着就哭，好像和我在一起很委屈似的。"

"好比我们去买个衣服，她能变着法说我没有眼光，我家里人都没有眼光，不光穿衣服没有眼光，吃饭喝酒交朋友都没有眼光。你说，我能忍吗？各种吵架，其实呢，不过是她想让我买一件她希望我穿的衣服而已，烦！"

"女人生起气来真是挺可怕的，平时她叫我宝儿，吵架时她会嚷我全名！"

"李宝鹏，你够了没有？"

"李宝鹏，你到底想怎么样？"

"李宝鹏，你看看你自己那样子？"

"拿她没办法，"宝哥重新点上一支烟，"单身多好啊！"

4

火锅店。

见宝哥还是死要面子活受罪，我只好充当我应做的角色——和事佬。奔出火锅店，我第一眼就看见明明在车里抹眼泪，见我去了，她更是变本加厉地哼唧。

好说歹说，我把明明从车里拉回饭桌。我借着黄辣丁上场的机会，分别夹给这一对男女病人。对，任何一对纠缠在情感关系中的恋人在外人看来，就是两个顾不上自己病入膏肓，却死活要抢着帮对方治疗的二百五。

旁边隔开了几桌，是一对日本男女，男的一身黑白嘻哈装扮，女人留着俏皮的短发。日本人在公开场合吵架的，我几乎从未见过。但这一对，却打了起来。

解决情侣吵架的万能药就是让他们看别的情侣吵架。虽然听不懂他们在吵什么，但随着另一桌的矛盾加深，我们这一桌"病人"的心情明显好多了。

先是日本女人叽里咕噜，男的一直不说话。然后男的猛地开始回击，很快就拉高了战斗的等级。女的说不出是恼羞成怒还是情绪爆发，开始一连串地冒出各种质问的语气词，让他们以迅雷不及掩耳的速度成为餐厅里的明星。

随着众人把目光投向两人，短发女子突然爆发了一声哀鸣，然后掩面哭了起来。男的措手不及，又在气头上不愿服软，紧张地四下张望了一下。餐厅里的客人忽然就转了头，假装看别的地方，服务员此时也立刻转脸，装出压根不感兴趣的样子。

我们三人埋头吃黄辣丁。

我说："日本人那么爱礼貌，现在却连场合都不顾了，肯定是气极了。"

宝哥："好好的吵什么，无非就是些鸡毛蒜皮的小事，丢人丢到中国来了。"

明明："我们女人还不就是想被男人哄哄。"

宝哥："那也要给男人留点面子啊，大庭广众的。"

明明："家家有本难念的经。"

宝哥："傻姑娘真多。"

明明："对，我也是傻。"

宝哥："你还傻？你太聪明了，不然我怎么拿你没辙没辙的？"

明明："呸，你最能气我！"

宝哥："哎呀，天地良心！你打着灯笼也找不到我这么爱你的了！"

我松了口气，男想当爷女想当公主，殊不知神坛这一上去，就怕没有台阶下。还好，感谢日本友人，化一场内战于无形。

突然，那一桌哗啦一声，火锅被摔在了地上！

热滚滚的汤汁溅了一地，血淋淋的红油四散开去不说，空气中的麻辣扑面而来，简直是如假包换的生化武器命案现场。

老式的铜锅咣当咣当地和地面互动，转圈地响。

服务员赶紧冲上来扶住锅子，有好事的客人站起来劝架，走来走去的脚印把地板都踩出了绺子。

我整个人感觉都不好了。

5

宝哥打肿脸充胖子，死要面子活受罪，明明因为是女人，前脚晒委屈后脚秀恩爱，一点也不违和。

这不才吵过架，又变身连体婴儿。此时两个人都仿佛变了身，满目甜腻。

"吃饱了走吧，捏脚去，这儿太闹腾！"

我们先后起身，若无其事地离开餐厅，面带同情和不屑地离开这人间剧场。

恋爱中呈现的大多数姿态都来源于资源的稀缺，气人有、笑人无也可算是自我反省的一种。人在世间最感恩的时刻大约就是此刻，仿佛一面镜子，发现自己本可以享受别人正失去的，遂可以豁然开朗，释然前行。

如果真有上帝的话，此刻上帝一定在看这毫无逻辑的情侣万象，仿佛远景中的定焦镜头，边看边笑。

日本女生一边哭一边骂着嘻哈男："就是那个出去又回来的女的，你明明就在看她的低胸。"

我男朋友的初恋

1

唐叮和袁晓波好了之后，几次要求他交代清楚感情生活上的"历史问题"。

"你交过几个女朋友啊？"

"你的初恋几岁？"

"那个，前任为什么和你分手？跟我说说，说说嘛……"

袁晓波基本都在敷衍她，有时装傻，有时打岔，有时耍赖，有时干脆以吻封缄。

"你是问的哪个前女友？"

"小学一年级，我同桌，我记得挺漂亮的，就她吧。"

"学好不易学坏可快了，少听反面教材。"

显而易见，他一定栽过大跟头。

唐叮试图研究清楚袁晓波究竟是怎样一个人，比如他如何对待爱情，他为什么爱，又为什么不爱了。

几次试探不果，唐叮决定调整方式以曲线救国。

所以此时，她和袁晓波最好的哥们儿方方和他女朋友坐在茶馆闲扯。但其实，唐叮想要探听袁晓波的情史。

"我听晓波说，他的初恋是你们的高中同学……"唐叮先扔出去一句。

"啊咳咳……"方方假装喝茶被烫到了，可那杯红茶已经泡了超过五分钟了，绝不会让他烫到。方方低头擦嘴。

"他说的？没、没有吧……高中时我们还不太熟。"

唐叮故作惊讶，"是吗？你们不是发小吗，一直在一起，还是同一个学校的？"

方方好像突然想起来，"是，但我们只是初中还比较要好，高中就不熟了……大学又要好了……那个，我们之间有时熟有时不熟的。"

"他还说，他的初恋女友和我有点像……"以唐叮对袁晓波的了解，这一点不会错。

有一次看电视，正在播放孙燕姿生孩子的娱乐新闻。他换台时随口甩了一句："她有点像我一朋友。"虽然他没明说，但他的表情在说，前女友。

唐叮慢慢注意到，每次看到或听到孙燕姿，他都换台。

而她自己也的确有一点像孙燕姿。

"真的像吗？"唐叮试图传达一点小吃醋，"我可不想当什么人的替代品。"

"没有没有……想多了想多了……非要说像，也就是短头发有点像。"方方摸了摸脑袋，"没想到这家伙还真什么都说。"

此时方方的女朋友帮了唐叮的忙。

"啥叫没想到啊？"方方的女朋友将脸转向方方，说道，"啥意思啊你，你还寻思帮晓波藏点啥咋的？合着你还是认识他初恋女友的啊！"方方女朋友是东北妞，特别豪爽。

方方眼见火要烧到自己身上，赶紧转移话题，"我能藏什么呀，有这个必要吗？"

"既然没必要藏，那你说说晓波的初恋了，我可还没听过呢。"

方方向女朋友使眼色，嘟囔道："不就是谈个恋爱吗，谁年轻时不都……"

女朋友眯起眼睛，好像一只审视猎物就要出爪的猫。

唐叮就是这样知道了冬冬的故事。

2

冬冬、袁晓波和方方都来自实验一中。在他们那座省会城市的几所高中里，很多人都听说过"一中冬"。坊间的歇后语叫"一中冬，一咕咚"，因为她能打，能把对方踹倒在地，脑袋咕咚磕地上一个包。

曾经发生过这样一个故事。一天早上，另一所学校的小流氓们在上学路上蹲点，随便劫了一个小男孩的零花钱。课间操的时候就有人报信："早上的那小男孩是一中冬的表弟！"

中饭时候钱就被送回一中的教室，钱的数目一分不少，还有富余。

捎话儿的人也特别客气："误会误会，实在不好意思，真不知道是咱家弟弟。"

而其实，那小男孩从未见过冬冬。

能化恶斗于无形之中的威慑力，想想都霸气。

高二下半学期，袁晓波在奥林匹克数学竞赛中考了个全省第一名。班主任给了他和冬冬近距离接触的机会。因为冬冬数学很差，扯全班后腿，老师让他俩组成互助小组，共同学习。

一开始谁和谁也不对付。袁晓波对数字敏感，当时很热衷于赚钱，拉着方方一块儿去麦当劳打零工。倒也不是因为缺钱，而是穿上制服炸个薯条还有钱收，就觉得自己能掌握人生了，很牛逼。

冬冬，用现在的话说，就是一条女汉子。她既不跟男生混，也不和女生混，她只和她看得上的人玩在一起，同时捉弄她看不上的人，有老师，有校工，有班里漂亮娇气的女同学，还有爱欺负人的大胖子。

由于有个学习小组的名号，袁晓波和冬冬还是得隔三岔五地见见面，做做样子。

对此袁晓波只有一条规则，只要每次把他布置的题目做了，抄也好，蒙也好，他都不管，但只能她自己做，不许找枪手。

冬冬同意了，附加了一条她的规则，只要她会考数学考到八十五分（满分一百五十分），不用留级，他袁晓波以后出什么事儿，她都会罩着他。

贪念如同一张船票，长在人间最不起眼
的角落里、最不自信的灵魂里、最不平
衡的爱恨中。

每个人都有各自隐秘的爱情观，藏在那些看不懂的爱恨纠缠中。

彼此没有可比性，也用不着别人说三道四。

爱里难以启齿的东西太多，能说出来的都只是借口。为了让大家面子上过得去，"别提了"倒像是个更真诚的答案。

这是袁晓波生命中第一个对赌协议。

3

高三那年，冬冬的妈妈过世了。

不知道什么病，那是 2005 年春节的事儿。学校里组织老师同学们捐了点款，老师带着班上的生活委员，一个叫小仪的小女孩给她送家里去，顺便去的还有袁晓波和方方，让他们看看有什么可帮忙的。

第一次到冬冬家，袁晓波和方方就傻眼了。她家住在一处联排别墅区，满小区的新春贺喜一片火红，只有她家门口黑白花圈铺满了台阶，让人看了难受得慌。阿姨把大家让进屋里，屋里竟然还有楼梯，楼梯竟然还有通往地下的。

客厅被布置成临时灵堂，一片惨白，庄重肃穆，佛乐弥漫，哼哼唧唧。三个同学都没见过这阵势，不知道该干点什么，只能呆呆地站着。老师把钱交给了冬冬爸爸，慰问完了，小仪还小大人似的跟冬冬爸爸说了几句"叔叔我们一定会好好照顾冬冬"这类的暖心话儿。

冬冬在她房间里，靠在床上，穿着一件运动服，发呆。

她简直就像变了一个人，以前好歹也揍过别人，现在则像是刚被人揍过。整个人好像一夜之间就清瘦了一半，又成熟了十岁，两只红眼睛一看就是没少哭，像只兔子。

两个大小伙子戳在一个女生的"闺房"里，有点手足无措。

袁晓波问她："你什么时候回学校？"

冬冬用余光瞥了瞥袁晓波和方方，不理他们，只是继续盯着一个方向发呆。

两个小伙子觉得更尴尬了。

小仪这时上楼来了，小声对两人说："老师说我们该走了。"冬冬突然把头往更远的方向扭了扭，背对着他们问："陪我打会儿游戏？"

她的声音很轻，仿佛来自很远的地方。阳光打在她身上，在床上留下一个运动服臃肿而沮丧的影子。

讲到那场面，方方手里长长的香烟灰突然断掉在了腿上，他忽然醒过神来，扑打了下烟灰。

"总之吧，没法形容，就是特别难受，心里堵得慌。"

袁晓波一下子就受不了了。

"受不了了？"唐叮问。

"就是那个时候啊……"方方强调着。

唐叮猛地理解了方方的意思，深吸了一口气。

是的，就是那个时候，就是那次，袁晓波爱上了冬冬。

4

那时，一片寂静。

咯吱，咯吱……袁晓波和方方、小仪走在鞭炮过后的大街上，踩下去时，鞭炮残余和枯叶交织成了一种奇妙的反馈，每走一步，都传来细小的断裂声。

咯吱，咯吱……

嗖——嗖——嘣——嘣！

新春鞭炮在他们身后一一炸开。袁晓波头也不回，身后两个小伙伴互相对视了一眼，似乎这一刻，每个人都长大了一点。

丧母以后，冬冬和小仪交上了朋友。

小仪家境不太好，爸爸办了病退，妈妈靠开着一间复印打字的小店面养活一家子。有时小仪过去帮忙，帮人打印装订做名片。她是班上最早会用 Photoshop 那些洋气的电脑软件的人。为了接活儿，她常年挂着 QQ，偶尔自习室能听到的 QQ 上线消息的声音，不用问，肯定是小仪的。

和小仪交上朋友之后，冬冬的个性明显柔软了很多，校际群殴的次数减少了，以往拧门撬锁、捉弄老师的次数也变少了，拖后腿的成绩开始有所改善——最后一条，袁晓波也有贡献。他凭靠聪明机智所积累的学习经验非常有用，只是以前冬冬瞎蒙，糊弄袁晓波。小仪进入了学习小组之后，冬冬才开始认真对待那些袁晓波布置的功课。

两个女孩待在一起的时间越来越多，冬冬还经常找小仪去她家里玩。

有一次方方竟然在商店里看见，小仪在喂冬冬吃哈根达斯。那时候哈根达斯很贵，代表的可是昂贵的感情。

回到宿舍，方方躺在自己的上铺，跟袁晓波说："你要是真开不了口，让小仪帮你去说说？我看她和冬冬好像挺好的。"

"不知道你在说什么。"袁晓波一边专心地打游戏，一边说。

"少嘴硬了，我可告诉你，是男人的话就表白！"

袁晓波踹方方的床腿，骂道："表白你个猪头！"

方方在床上颤了颤，"嘿，我这不是帮你吗，不然你干吗打游戏打那么认真？"

袁晓波的眼睛依然没离开游戏，说道："少狗拿耗子啊……"

方方不高兴了，嘟嘟嘟嘟地扭脸朝墙，"那叫跨界，老时髦了，我就拿了怎么着？狗拿耗子，跨界经典。"

5

进入夏天，所有人都在看《超级女声》。

一开始袁晓波和方方都喜欢何洁，小仪喜欢李宇春，冬冬喜欢张靓颖。

自认"终极凉粉"的冬冬因此警告众人："不支持张靓颖就没朋友做！"

袁晓波表态说张靓颖是最有实力的，能唱海豚音。

没立场有心眼的方方则决定，明里喜欢张靓颖，暗地里继续支持何洁。

小仪最纠结，"张靓颖唱得挺好的，可春春太有魅力了……好难选。"

冬冬成功地将另外三个人都变成（名义上的）凉粉之后，方方背地里叫她"拉凉粉条的"。

拉凉粉条的为了支持张靓颖，决定要叠满一个大玻璃罐子的幸运星，送给她。

说起这个，方方都有点不好意思，那个年代学校里流行这种没用的弱智表白法，幸运星、千纸鹤、写情书，和现在动不动买包包、坐宝马、送 iPhone 截然不同。

"一万颗？"袁晓波惊讶。

"我估算的，按你教我的那个公式，体积、容积那个……"

袁晓波看着冬冬，脸上终于出现了一丝无奈。

"姐们儿咱不能找个小点的罐子吗？"方方问。

"那哪行？！"冬冬很坚定，"得比任何其他凉粉送得都多、都大，才够牛掰！"

迫于冬冬的气场，大家都就范了，开始帮她做叠幸运星的课外手工课。仗着家里有钱，冬冬买了各种颜色的包装纸，厚厚的好几卷。大家把包装纸和大玻璃罐子藏在了学校顶层广播室的一个杂货间里——袁晓波是课间眼保健操广播员，有广播室钥匙——叠好的星星就往罐子里扔。

两个男孩只是凑凑热闹，借机来玩玩扔星星的游戏，看谁更准，一杆进洞。冬冬总是花时间教育两个男的，而此时真正默默叠星星的，只有小仪。

玻璃罐子里的星星凌乱地占据瓶底，如同一把米被散在了滑冰场上，填满整个罐子的难度真犹如修万里长城。

6

喜欢上张靓颖以后，冬冬开始留长头发。

袁晓波问："怎么，不学孙燕姿了？"

"我都学孙燕姿几年了，该长大了。"

"长头发有点不像你。"

"是吗？不会吧，小仪和我爸都说好看。"冬冬一脸认真，豪爽地拍拍身边方方的肩膀，"好看吗？"

方方被她拍疼了，皱眉说道："能不能别每次都动手啊姐们，有话好好说。"

"行，好好说。"冬冬嬉皮笑脸，"好看吗？"

"你把头发留成张靓颖那样的，我就追你！"

"行！你敢追我，看我揍你不！"

方方结实地受了冬冬一顿揍，冬冬下手重，尽管她已经很久没揍人了。

张靓颖进入小伙伴生活后的另外一件事，就是袁晓波打算向冬冬表白。

确切地说，他已经表白了，好几次。

第一次，他在作业里放进了这道题。

求解：$128\sqrt{e980}$

把上半截盖住，下面就是：I love you。

冬冬盯着题目看了半天，说道："最近总觉得哪儿有点不对……"

袁晓波心一惊，难道被她猜出来了？

他暗自懊恼自己为什么出了这么简单的题目。

"明天就周五了，张靓颖到底能不能 7 进 5……"

咳，一场虚惊！

可虚惊之后，袁晓波又有点气愤，太笨了，这姑娘太奶奶的笨了！

方方则在一旁说："周五看完超女，我们去唱歌吧，庆祝我们家何洁 7 进 5，最好让你们家冬冬埋单。"

"万一何洁被 PK 掉了呢？"

"不可能！再说拉凉粉条的在，至少还得有张靓颖啊！"方方故作神秘，"我听说有凉粉帮张靓颖做了一个十万块的大广告，不会是冬冬吧？"

“真的？”

“这么大手笔，肯定得是哪个大佬……”

7

周五晚上，四个人一起去 KTV，张靓颖无悬念地 7 进 5。

在 KTV 唱了一会儿后，袁晓波灵光闪现，又想出来一个表白的段子。他把着点歌台按了半小时……

等方方要点歌了，突然觉得哪有点不对。方方不愧是方方，看明白了端倪，“袁晓波，袁——晓——波！”

袁晓波赶紧来堵他的嘴，小声说：“别闹别闹，不许你插队，兄弟一场……我给何洁投五十条短信还不行？”

从厕所回来的小仪不解，“你们怎么不唱了？咱们还有一个小时就到点了。”

方方解围说：“女人的歌，我不会唱。”电视上正在播的是孙燕姿。

正说着，冬冬带进来一大拨人，有十来个，有男有女，是另一所学校以前和冬冬混的哥们儿。

冬冬说：“碰见我一群朋友，他们也是凉粉。”

前面的一个男生说：“我们屋里点歌器串台。”

冬冬招呼大家坐下，一群人挤在一个小包厢里。

袁晓波心里涌起一阵不祥的预感。

小仪问："怎么串法儿？"

"就是点的歌没有，没点的却播了，他们正检修电脑呢！"

冬冬凑过来看点歌器，说道："我看看，我看看，我的那首《杀破狼》还在不在？"

她盯着小屏幕看了几分钟，突然大笑起来。

"啊！哈哈哈，哈哈哈哈，哈哈哈……"

小仪也过来跟着看，不禁问："怎么了这是？"

冬冬笑得捧着肚子，"哎哟，哎哟，受不了了，咱屋里也串、串台……这串得太搞笑了，你看，你们看看，这歌名……"

几个新进来的好奇鬼凑上去。

点歌台上，歌名一串竖排。

亲爱的

冬

其实

我

好想就这样

默默

喜欢你

哪怕

你不懂

无所谓

但是

我的爱

已经

无法自拔

我是真的

渴望

你是我的唯一

渴望

我是你的

太阳

……

"笑死我了，我差一点以为是写给我……"冬冬乐不可支，前仰后合，"哎哟妈呀，谁真要说这么肉麻的话，我得抽他，不不，他抽我得了……"

有新人也笑，"哥们儿够酸的！"

"屁，一傻逼！"

"肯定是一雏儿……"

众人哄笑中，方方一脸尴尬，硬着头皮呵呵了几声。

小仪有点疑惑，"这……真的是串台吗？"她环视四周，目光落在了极其不自然的袁晓波身上。

袁晓波一言不发，脸色煞白，腮帮子一动一动的，眼里什么东西闪闪的。

自尊这东西好软，哪怕是最无心的践踏，也必留下伤痕。

他试图掩饰，却难以忍住。袁晓波冲出 KTV，夜色中大雨如注，他冲进雨里，一路狂奔，任凭方方在后面喊他，他头也不回。

下吧，下雨吧！浇透最好。

在冬冬的讪笑声中，袁晓波问自己，到底什么人能真正走进冬冬的心里？

难道只有毫无关系的张靓颖？

广播室里，袁晓波翻出了那个大玻璃瓶子，里面已经快塞满了星星，夜色中亮亮晶晶的，还反光。

他站在窗口，俯瞰夜雨，大雨仍哗啦哗啦地下着。

那一夜的事是袁晓波很多年来的噩梦。

噼里啪啦，噼里啪啦……不曾停息的雨打在一楼半露台的铁板上，清脆悦耳。

无数星星，一闪一闪，亮亮晶晶，莹莹如火，仿佛夜空中炸开的烟花。

瞬间绽放，夺目耀眼。

那是一万颗星星在眨眼的样子。

那么美，那么美……

之后，是无尽的雨夜……星星们落在泥水里，被汽车碾过，被雨水冲走，冲向谁也不知道的地方……

8

跟在后面气喘吁吁的冬冬、方方和小仪在主楼下目睹了这一幕。

方方张大了嘴巴。

小仪朝窗口的袁晓波使劲摆手呼喊："袁晓波！袁晓波！"

只有冬冬震惊之余，脸色阴沉，直接向楼梯冲上去。

两拨人在二楼半相遇。

方方试图安抚大家："误会误会，晓波肯定不是故意的。"

冬冬直接冲上去吼他："你发什么神经？没吃药啊？"

她眼里是不解和委屈，她使劲忍着。

"对呀，是呀，我就是发神经，我今天晚上就是想发神经怎么了？"

"袁晓波，你有什么事也和星星没关系呀，那是给张靓颖……"小仪说。

"张靓颖张靓颖，不就是一唱歌的……"袁晓波突然耍起赖来，"不，不对，她还真不是一个唱歌的，说她是唱歌的都抬举她。"

"袁、晓、波，你别让我揍你……"冬冬的火气也往上冒。

"揍我？你揍我吧，我都忘了你是大名鼎鼎的一中冬啊！"袁晓波进入了一个连方方都觉得欠揍的状态，"你不是就爱揍人吗？"

"袁晓波，别这样！"小仪也解围。

袁晓波一直瞪着冬冬，他指着小仪对冬冬说。

"你看小仪，这女孩多好……你妈死的时候谁陪着你，谁天天催你写作业，没有小仪你能会考过吗？可你呢？你怎么对她的？你让小仪帮你叠这些不着三不着两的星星，凭什么呀你？凭什么周围的人都要帮着你顺着你？"他顿了一顿，"不行就打是不是？你反正就是能打是不是？"

他一副豁出去的样子，怒道："来，你打我呗！打吧，别客气！随便你打，我绝对不还手。"

"打啊！"

"来呀！"

"我就是看不上张靓颖，行吗？"

冬冬忍了半天的泪终于落下……

"啊！"

她一个箭步上去，抓住了袁晓波的领子。袁晓波也不阻挡，她一拳击中了他的下巴。站立不稳的袁晓波直接后仰，顺势抱住了她，扭成一团……

从那以后，袁晓波和冬冬就彻底掰了。

9

"分手了？"唐叮问，"后来呢？"

方方点头，"撕破脸了，之后就不来往了。"

唐叮转了转眼睛，"就完了？"

方方的表情有点奇怪，故作淡定，"完了呗，一拍两散，古德拜了！"

"我还当咋惊心动魄呢，原来啥玩意没有……"女朋友也不满意，"要我说这咋叫初恋呢，袁晓波没恋啊，人姑娘手都没拉……"

唐叮说不清自己什么感觉，这就是袁晓波的初恋？袁晓波小时候怎么如此玻璃心？

女朋友兴致勃勃，说："老妹儿，姐给你讲一个呗，我忘了谁告儿我的了，哎哟，老感人了，听不？"

还没等唐叮回答，女朋友就要开讲不知名的"一男的"和"一女的"的故事。

"一男的和一女的，是同学。男的一直暗恋女的。女的不知道，男的也没说。后来上了大学，都没什么联系了，直到有一天……"

她刚开始讲，方方就不住地拉她喊停，可女朋友已经开了头，由不得他。

一开始唐叮完全都在走神，但直到女朋友的故事里出现了她最熟悉的线索——"鼠标""火锅店""六万块"，作为袁晓波的女人，她突然意识到了，这故事是方方讲给他女朋友的。起承转合之间，女朋友的故事如拼图上的一角，填满了袁晓波初恋的大跟头。

这是方方欲言又止不忍说破的"后来呢"的故事。

10

这"一男的"就是袁晓波，"一女的"当然就是冬冬。

袁晓波上了大学。他是数学精英，上了金融系。冬冬也上了大学，一个二流的师范大学。那一夜互殴之后，两人避而不见。

很快四年过去，连大学都要毕业了。

直到一次，袁晓波在自己打工的网吧遇到有人偷游戏装备被发现了，他只看了一眼，就认出了她。冬冬已经一头长鬈发，烟熏妆。她的确从孙燕姿变成了张靓颖。

冬冬也看见了袁晓波，假装不认识他。

网吧这工作符合袁晓波的旧日习惯，能打游戏还有钱收，唯一缺点是要熬夜，反正大四也没什么课上，可以一觉睡到中午十二点。

冬冬偷的是两个无线鼠标，黄色的，造型炫酷，网吧老板刚给 VIP 换的，特别新。

老板很生气，说就不能惯着这些小屁孩，还是女孩，太不像话了，要报警。袁晓波和老板求了情，好说歹说，老板同意让她家里人来认领，否则就报警。

冬冬家里人来的时候，袁晓波一下子就傻眼了。

"谢谢您，让您费心了。真对不起，有什么损失我来赔我来赔。"

是小仪。

富有鳏夫和乖巧萝莉，加上多年的知根知底，常去冬冬家玩的小仪竟嫁给了冬冬爸。自由恋爱根本没什么大不了，可冬冬为此崩溃了一场。那之后，冬冬彻底和家里决裂了。不从家里拿钱，也没有朋友，就靠打游戏和一些不三不两的法子赚零花。

这些，是后来袁晓波才知道的。

那天清早袁晓波收工准备回宿舍睡觉时，才发现蹲在网吧门口等他的冬冬。两人自然而然地在一起走了一段路。

两人都不说话，只是并肩走着。

走啊，走啊……清晨还有些雾气未散，湿漉漉的。渐渐地，两人就消失在长街的尽头了。

他们就这样好了。

11

张靓颖要开演唱会了，在鸟巢。冬冬很想去看。

票价不便宜，很快就被黄牛炒得更高，加上往返北京的交通住宿，是一笔不小的支出。

冬冬很坚定地不问他爸要钱，袁晓波的钱也不够。他最近正在一家火锅店打工，比网吧赚得多。他想着帮她凑凑，暂时不够，凑到演唱会之前，也差不多。

可冬冬很焦虑，好像去不了的话她的人生就出了大事。

"这是我毕业前唯一一次看到她的机会。"

"你确定你毕得了业吗？"

表面上袁晓波特别爱逗她，但他心里总有些隐约的愧疚。

他想起她的梦。

一万颗星星在眨眼。

他曾打碎过她的梦，就为了那么点误会。难道爱情不就应该抛弃自尊，放弃自我吗？

袁晓波真心地想为她做点什么。

12

这天，火锅店来了一拨奇葩的客人。

听他们聊天，像是医药行业的，都还有头有脸的。"刘总""张总""王大夫""李大夫""赵工""老张"频频发言，一会儿说某某医院怎么着，一会儿说某某药企怎么着，奇闻逸事、开膛破肚、男男女女，当服务员的袁晓波，就当是段子听。

酒足饭饱，不知道怎么回事，几个领导开始聊火锅汤的嘌呤是不是致癌这事儿。说着说着就演变成一片论战，调笑间"刘总"突然掏出一叠钱。

啪!

他把钱甩在饭桌上,看起来至少有两千多。

"我们重庆人,就爱吃个火锅。哪里有那么多病呢!我就是不信。你们看这火锅汤,谁能喝掉这汤,这个钱,立刻拿走!"

现场唏嘘,然后啧啧。"赵工"也掏出了钱包。

"我也不信,我来加个码。"

现金被放在了桌上,和"刘总"的钱堆在了一起。

"哟,看看,看看,玩大了,玩大了……"

"李大夫""王大夫"和其他几个人也不示弱,纷纷掏出现金,很快,那叠钱就厚了起来。看上去少说也有二万。

没人要喝涮过肉、煮过虾、溜过鸭肠毛肚、冷掉了的火锅汤。

"看来咱这价还是不够,""王大夫"说,"不足以啊不足以……"

气氛被炒火了,众大夫们又掏了一轮钱。

现在,饭桌上那叠粉红票子已经摞成了小山。

袁晓波的数学天赋此刻发生了作用。人民币新钱一万块大约0.9厘米,如果是旧币,会厚一些,但不超过1.5厘米。余光看过去,现在桌子上的钱大约有5.5厘米,但袁晓波站得视角有偏差,实际可能超过6厘米。新旧程度以旧币为主,这么算起来……一来二去,一去二来……五万五,只多不少。

五万五千块!

袁晓波只花了几秒钟犹豫,"张总"还在和身边人调侃"就说依做医生的是最最怕死的好不啦"的时候,他径直抱起包厢里红酒的醒酒器,走向桌子,端起锅,咕咚咕咚地把火锅汤倒进醒酒器。

"总"们和"大夫"们都愣了,给他行注目礼。

一、二、三……袁晓波默数了三下,深吸一口气,笨重地举起了醒酒器开始往嘴里倒。

反应过来的众人纷纷赞叹。

"行呀,哥们儿,厉害!"

五、六、七……

"哎呀,哎呀,哎呀,哎呀……"

九、十、十、十……

"哟,加油!加油!小伙子!"

一万颗星星在眨眼。

一万颗、星星、在眨眼……

一万颗……一、万、颗……

十、十、十……

闪亮的、反光的、天女散花般的……

在夜雨中,在泥水中,在不知名的方向上。

袁晓波真的喝掉了那一锅涮过肉、煮过虾、溜过鸭肠毛肚、冷掉了的火锅汤。

13

如果可以跑得动，袁晓波一定会用跑的。

嘌呤算什么，敌敌畏喝一次也死不了。

但他实在跑不动，只能溜达。但他想第一时间把钱拿给冬冬。数学精英就是精英，一共五百九十八张粉红票子。"刘总"特别佩服地拍着他的肩膀，硬要再塞给他两张，凑整数。

他打车到了师范，女生宿舍。

他用的是自己的钱打车的，因为，他也喜欢整数。

冬冬花了很久才从楼上下来。

"你怎么来了？"

"……想你了。"袁晓波突然有点紧张。

冬冬很冷淡，坐在宿舍门口，趁机点起一根烟。

"哟，一身火锅味。"她说，"唉，还是网吧好，还能免费让我去玩玩。"

"火锅店收入高，单位时间产出的效益……"

"行了行了，"冬冬阻止了他继续往科学方向引导自己，"别给我上课了。"

袁晓波不知道该如何把钱掏给她，他应该说这钱是怎么来的呢？

冬冬先说了话："对了，我搞到演唱会的票了！"

"啊？"

"不过只有一张……反正你也不太喜欢张靓颖，对吧？我觉得还是我自己去看，你好好在家赚你的钱吧。"

袁晓波的脸色白了。

"你……怎么搞到的？谁给的吗？还是……"

"……我一个哥、们……哥哥！"她说得有点不自信，抽烟抽得咳嗽。

冬冬就这么默默地抽烟，也不说话。气氛越来越尴尬。

"哥们儿？还是哥哥？"袁晓波问。

那六百张票子在袁晓波口袋里，被他捏得死死的。

一万颗星星在眨眼……

终于，冬冬抽完了烟，把烟蒂踩在脚下，仿佛终于酝酿好了……

"咱俩算了吧。"

袁晓波预感到了这句话，却又无法相信这句话真的被她说出了口。

"我不爱你。"

"从来就不爱。"

"我不爱任何人。我恨很多人。"

是的，一个人现在的气质里，藏着他，走过的路、经过的事，和爱过的人。

那一刻袁晓波突然想起来很多细小的事，他从未刻意留意过的、微不足道的、现在却让他痛彻心扉的事儿。好像第一次走进冬冬家灵台焚香的味道，好像冬冬一拳打在他下巴上的痛感，好像那日清晨他们第一次交欢后窗台上的水蒸气……

爱情到底应该是个什么模样？

袁晓波似乎现在才尝到那一锅冷掉的火锅汤的味道，他扑向一棵树，猛烈地吐了起来……

14

回到家的唐叮直接走进储物间，翻箱倒柜。终于让她给翻到了。

黄色鼠标，造型炫酷。

她记得他说："这鼠标打游戏特别好用。"

"怎么只有一只？应该配套呀？"

"现在又不打了，一只都是多余的。"

她失了神。

窗台上的相框里，镶了一张存折复印件，上面是人民币六万块的记录。

袁晓波曾说："哥哥我就是靠这六万发的家，留个念想儿。"

此刻唐叮轻抚着相框，百感交集。

门口钥匙声响，唐叮赶紧把相框放回去。是袁晓波回来了。

"妞，"他喊，"饿死我了，你没做饭吧，咱出去吃？"

唐叮突然冲上去抱住了他，开始吧嗒吧嗒地哭。

"哟，怎么了这是？大姨妈来了？"

唐叮哭着摇头。

"哦，不高兴？要不就到咱自己店吃。"

唐叮头摇得更厉害，说："再也不吃火锅了！"

"呃？行！听你的。"

唐叮摸着袁晓波的脸，仔细看他，看得袁晓波一脸懵懂。

"怎么了？"

是的，你现在的气质里，藏着你走过的路、经过的事，和爱过的人。

"让我好好爱你吧！"

小胖妹减肥记

1

自从董大锤爱上了小胖妹之后，他的天空每天都是晴的。

小胖妹是董大锤"同桌的你"。高二下半学期开始，他们就共享了教学北楼二层最南教室正数第五排第二列的那张桌子。不知道谁借了谁半块橡皮，不知道谁把谁的信丢在了风里。总之，董大锤爱上了小胖妹，小胖妹呢，被董大锤每日浓浓的追求打动，也接受了董大锤。

高三那年，小胖妹决定报考燕京电影学院。

"为什么？"

"我妈说我像年轻时的林青霞，以后可以演电影。"小胖妹睿智如斯，在其他同学依然沉浸在高考年的努力补学中时，她已经高瞻远瞩地想好了自己的未来。

和林青霞一样，小胖妹圆润的下巴上有一个"坑"。

董大锤深深地觉得，下巴有坑简直性感极了！小胖妹那么甜美可爱，变成女明星简直就是必然的。为了帮自己心爱的人实现梦想，董大锤决定倾其所有帮小胖妹考上那所燕京电影学院。

2

小胖妹她爸是一位众所周知的书香名门，三代单传学霸。她妈很多年前就办理了病退，在家怡情闲养照料女儿。名门之家各种关系人脉如同蝶式立交桥，因此，在小胖妹妈"再版林青霞"的预言之后，她爸就自然而然地搭建了一条直通车，电话直接打给了时任燕京电影学院的某某系主任。

系主任高瞻远瞩，意识到这位名门对中国电影电视行业将起到的重大作用，立即同意可以亲自对小胖妹进行面试。

董大锤不知道面试现场到底发生了什么，因为小胖妹回来就闷闷不乐。

"你到底怎么了？"董大锤小心翼翼地问。

小胖妹憋红了鼻子，说："我妈要我……减肥！"

董大锤心里一沉，这世间俗人的眼光果然如此肤浅。

虽然系主任任性地想收了小胖妹，但偌大的高等学府总会被各种贼眉鼠眼的无耻之徒窥视，招生的事儿不能做得太过分、太明显以至于留下把柄。所以系主任的意思是，瘦一点，过得去，就要了。

3

小胖妹的减肥之路开始于一百三十斤。

董大锤记录下了这值得纪念的一天，3月14日，白色情人节。减肥的方法很传统，就是在不吃米饭、不吃肉食、不吃零食、不吃流食之间自由切换。切换到后来发展成什么想吃的都可以吃、什么不想吃的都不能吃的理想状态。到了 4 月 14 日，小胖妹成功地减掉了，呃，两斤。

董大锤深深地为小胖妹感到自豪，但小胖妹的妈似乎不满意。第二个月开始，减肥变成了运动模式，跑步跳绳踢毽子，每天至少做一项。

不管小胖妹做什么，董大锤都陪着她。跑步时陪她聊天，跳绳时帮她数数，踢毽子时故意踢飞几个让她休息休息。到了 5 月 14 日，小胖妹果然不负众望地又减掉了，呃，两斤。

小胖妹妈陷入了深深的烦恼，她觉得按这个速度根本无法让小胖妹在 7 月考试前减掉，呃——二十斤。小胖妹妈对着林青霞的照片苦思了一夜之后，帮女儿做出了人生最重大的一项决定——溶脂！

4

溶脂简直就是人类健康史上最伟大的发明。只要在身上最肥的地方画上一些圈圈然后睡一觉，醒来就梦想成真。

预约了溶脂手术之后，为了庆祝，小胖妹请董大锤吃了"大董"的烤鸭，那是董大锤第一次吃"大董"，两个小朋友似乎已经看到了胜利——一个苗条美丽下巴有坑的小美女的胜利！董大锤嘴角残留着面酱鸭油的甜腻，幸福得眼中泪光闪闪。

手术后的第三天董大锤去医院看望小胖妹。哇，他几乎要惊叹了，再也不能叫她小胖妹了。她简直就是人间仙子，活色生香，她是人间一切美好的合体，是肉欲的、诱惑的、修长的、凹凸的——林青霞。

这一次，小胖妹成功地减掉了，哇——二十斤！

她真的瘦了！

董大锤牢牢地记住了这一天。

5

小胖妹虽然成功减掉了共计二十四斤肉，但她还有包裹二十四斤肉的肉"皮"。皮还是比较傲娇的，死死不愿意"抽抽"，所以在溶脂之后的日子里，小胖妹还要穿紧身衣，塑形、按摩、辛苦地"减皮"。

董大锤实在不忍心看小胖妹受这么多罪，开始每日给小胖妹开点小灶，一开始只是水果，草莓、香蕉、红富士，后来带坚果，核桃、杏仁、大榛子。

小胖妹妈也心疼女儿，好歹是瘦了，但身体健康更重要。她开始每日给小胖妹带补品，开始是食补，猪蹄、甲鱼、土鸡汤，后来开始药补，人参、鲍鱼、燕窝羹。

转眼到了系主任要正式见面的 7 月 14 日了，当小胖妹第二次站在系主任面前时，他都没有认出她来！

小胖妹以一百五十斤的身姿，肉压四座，气惊校园。

系主任惊呆的是，小胖妹不仅没瘦，还比上次见面更胖！她不仅没维持住溶脂成果，还因为补气血、养身子硬生生地靠溶脂反弹了——四十斤！

6

系主任意识到小胖妹比之前又肥了二十斤之后，只好"果断地"招了她。

"中国影视不能总停留在蛇精脸和小鲜肉的阶段，我们要重视才华，而不仅仅是颜值外形。沈殿霞、奥普拉、阿黛尔，都是靠才华赢得了观众的热爱，我们也应该有我们自己培养的肥少女啊！

"观众最爱看的类型片就是喜剧，哪个喜剧电影里没有一个胖子？对不对？胖子、娘炮和话痨，喜剧片的三要素，必须有啊！

"中国影视要发展，需要不拘一格降人才。我看到她，特别激动。感谢这个伟大的时代，感谢这个时代让有才华的人勇敢地站出来追求梦想。这是一个时代的进步，这是整个中国影视发展的里程碑啊！"

系主任的点评快把在场的老师助教们都讲哭了，就连小胖妹自己都要哭了。

"老师，老师，我下巴还有个坑，和林青霞一样。"

系主任站起来为她鼓掌。

小胖妹喜极而泣。

7

故事就写到这里了。

曾经我们都以为一定要变成某一种样子的某一种人才能获得我们想要的东西，殊不知在荒诞的命运前面，结果只是个毫无逻辑的巧合，或必然。

在董大锤眼里，小胖妹的成功真的是因为那个"坑"。

情字拆开是荒唐

张北与范琛，是那届金融系里仅有的两个双子座，一问生日竟然是同一天。刚入学他们就发现了这事，张北大范琛整一年，就此一对兄弟成了哥俩儿，哥俩儿好。

1

张北家里很有钱。他小学一年级时被人绑架过，他爸支付了一笔数目不小的赎金才换来他的平安。被绑细节他几乎都忘光了，只记得有个阿姨把他带走，给他煮方便面，照顾他吃饭睡觉。

绑架事件的第二年，他多了一个妹妹，后来又多了一个弟弟。大家族人丁兴旺总是好兆头。张北这个长子长孙从此算是再无后顾之忧，随便玩。再后来，他就跟着妈妈到北京来定居了。

转学时他降了一级，同样的课程学了两遍，由此变成了学霸。那一年，他十三岁。

从那至今，他永远是班上的流行先锋，他是班里第一个穿 NIKE 限量球鞋、第一个背 MCM 包包、第一个打耳洞、第一个谈恋爱的人。总之，他就是被所有人认定为"酷"的那种人。

范琛是双子上升狮子座，这解释了他大部分性格，热情冲动夹杂着愤世嫉俗。范琛喜欢篮球以及和篮球有关的一切。在篮球场上，"范三分"全校闻名。范琛因为篮球特长被加了分上的金融系，这让有些人看他极其不爽。

"范琛？哦，那个四肢发达、头脑简单的高个儿？"

第一学期结束，范琛的政治经济学全系第一，那些看他不爽的人默不作声了。每次提到此事，范琛都会深深地感谢张北——是他弄到了系办公室的钥匙，翻出了卷子。更够哥们儿的是，为了不抢范琛的风头，他自己还故意答错了两题。

革命友谊，同声同气，兄弟一心。

2

丁佳第一次出现在两个双子座的视线里，是范琛说，小乔丹和英语系二班丁佳好上了。

小乔丹是何许人？是范琛在学校篮球界的男神。小乔丹话少，弹跳高，带球过人总有神来之笔，抢篮绝不拖泥带水，盖帽儿又稳又狠。

而丁佳……怎么看都是个普通姑娘，姿色平平、学业平平、家境平平，就连胸前也是一马平川。

张北提出了一个终极悬念："这女的哪儿好？"

既然小乔丹看上了这女的，那这女孩必有可取之处，只是张北和范琛都没看出来。虽然没看出来，但本着英雄识英雄、"应该"所见略同的原则，张北和范琛认定这姑娘身上"应该"有鲜为人知的优点。

范琛煞有介事地分析完，张北猴儿精，向弟弟眨巴了下眼睛，"咱们认识认识去。"

3

说这话没一个礼拜，张北就通知范琛说："这周末去我家吧，我还叫上了丁佳。"

张北每个周末都回家去住。他家有好多个房间，有时候一些要好的同学便都去他家混周末，上网、打游戏等。

"丁佳同意了？"范琛兴奋地说，"行呀哥，有你的！你怎么跟她说的？"

张北得意扬扬，"那你就别管了，反正她会来。"

丁佳果然来了，穿了一件杏黄色的连衣裙，落落大方，不温柔，也不娇气。三个人打了会儿游戏，又开始打牌，她输的次数最多。张北和她一拨儿，也被拖累输掉了。后来丁佳自告奋勇地给两人泡面，张北看着丁佳往方便面里打鸡蛋的样子，恍惚间竟然想起来小时候绑架他的阿姨。

"我X！哥，你没病吧？"范琛完全不能理解。

"我就是喜欢她打鸡蛋那个咔嚓一声，不行吗？"张北认真而自信。

咔嚓！鸡蛋壳被打破，蛋液摇摇欲坠。

"谁打鸡蛋不咔嚓一声呀，哥你是不是斯德哥尔摩发病了？人质爱上绑票的，电影里可演过你这样的……就这么个丁佳，犯不上！她丁佳又不是朱莉，安吉丽娜·朱莉。"

范琛的幻想中，安吉丽娜·朱莉把鸡蛋咔嚓一声打碎，然后魅惑地把蛋液涂在手上、脖子上、嘴唇上……

"我不管，我要追她。"

"什么？"

范琛看张北心意已决的样子，有一秒心慌闪过。

"哥，她可是小乔丹的女朋友，我跟他上同一门选修课呢，怎么也是同学妻，不可欺啊！"

张北拍拍范琛的肩膀胡诌："孔子曰'当仁，不让于师'，连老师的妞都不能放过，更何况同学的女朋友呢，公平竞争。"

4

一开始，都是套路。张北给丁佳送花。

每天一枝红玫瑰，直接放在宿舍门口，没小条儿，没情书，没名字。宿舍女孩也不知道到底是送谁的。

一连半月。

之后，张北开始每天抱着吉他在女生宿舍楼下面唱《单身情歌》，九点准时，唱完就走。宿管老师装没看见，这时代荷尔蒙炸裂的年纪越来越小，追女孩的招数她早已见怪不怪。好歹大家知道了，这红玫瑰原来是张北送的，接下来的谜团则是：他到底要追谁？

"金融系最酷的那个张北，在追英语系的一个女生！"

"哪个女生？"

"不知道。"

张北上了头条，范琛是第一个被吃瓜群众拷问的。

"他追谁？"

"呃，别问我。"

　　找一个最爱的深爱的相爱的亲爱的人，

　　来告别单身，

　　找一个多情的痴情的绝情的无情的人，

　　来给我伤痕。

范琛问张北："你唱完了歌以后不表白吗，这要唱到什么时候？"

张北搂住范琛的肩膀悄声说："哥教你一招，追女孩最厉害的，就是让全世界都知道她被人追。"

"然后呢？"

"然后她就离不开你了。"

"可全世界不知道是她呀？"范琛皱眉，"我可就快撑不住了，好事的都来问我呢！"

"没关系，她知道就行。我知道，她知道，全世界都不知道她知道。看，这岂不是更好？等全世界都知道是她了，她就跑不了了。"

泡妞的经验值，张北还是高段位的。

范琛摸摸头，这什么跟什么呀？

5

神秘爱慕对象还没有被确认，《单身情歌》张北已经唱出一定水准、一定质感、一定知名度了。团支书来找他，迎新联谊，让他去联欢会上表演唱歌。戏剧社的社长也来找他，排练《罗密欧与朱丽叶》，想让他演罗密欧站在阳台下唱求爱之歌。还有，学校里玩乐队的人也找上门来，他们缺一个主唱，问张北有没有兴趣。

迎新联谊那天，丁佳和小乔丹都去凑热闹了。张北几乎是盯着丁佳的脸唱完了整首歌。

众目睽睽之下，张北的心思一目了然。

《罗密欧与朱丽叶》公映那天，丁佳和小乔丹也去看戏了。谢幕时大家给本色出演的张北热烈地鼓掌，尤其是台下的范琛。

同学们开始起哄，嗷嗷之声不绝。

小乔丹脸上有点挂不住，站起来先走了。

摇滚乐队去参加地下音乐节，张北邀请丁佳去看。丁佳说来就来了，还是穿了那条杏黄色的裙子。

乐队把《单身情歌》改了调，张北唱破了音。台下的同学疯狂地和声，仿佛破了音的情歌才最动听。正 high 着，一众警察叔叔闯进场地，说未经公安部门批准聚众集会，把所有人都扣下了批评教育。

大半夜两点多，从派出所出来的张北、范琛和丁佳三人坐在出租车上回学校。本来一直不说话的张北突然对丁佳说："你做我女朋友吧？"

黑夜里丁佳的声音显得特别冷静，"别开玩笑了。"

张北带着情绪，"我每天都在干什么你不知道吗？"

副驾的范琛试图把自己伪装成空气。

丁佳憋了半天，说："张北，我爱不上你。"

三人都不说话。

出租车师傅忍不住嘟囔道："年轻，真好呀！"

6

秋天到了。

北京的秋天很美，也很短。

很美的东西，一般，都很短。

张北相信，丁佳是不一般的，因为，他也不一般。

"爱不上"事件之后，张北在宿舍里敲掉了三百多个鸡蛋。

咔嚓，一个。

咔嚓，两个。

咔嚓，三个。

"他就是喜欢听蛋壳敲碎那一声。"范琛解释给宿舍里唯恐天下不乱的一票男生。

那晚，范琛向看热闹的众男生派发破壳鸡蛋。满宿舍都在吃鸡蛋，煎鸡蛋、煮鸡蛋，泡面下鸡蛋下到感觉是鸡蛋糨糊里有面条的样子。

鸡蛋不要钱，情谊可贵了。范琛宣布，但凡吃了免费鸡蛋的人，都要还一个人情给我张北哥！

这叫男人！

敲破了三百多个鸡蛋之后，张北决定，鸡蛋为证、范琛为证，我张北此生，非丁佳不娶！

三百鸡蛋如同三百勇士，激发了张北的斗志。在范琛看来，虽然张北喜欢丁佳纯属一时冲动，但谁让他是张北呢！

这叫义气！

7

战役还没开始打，碉堡就从敌人内部被击破了。小乔丹劈腿，和丁佳分手了。

张北和范琛还没来得及喊出"天助我也"，便传来了丁佳要随家人出国的消息。

天将降大任于斯人也，必先——折腾之。

秋天的美，真的太短了！

张北的蛮劲儿上来了，竟然回家和他妈家庭会议——我、也、要、出、国！

听到这个消息，最生气的是范琛。

"至于吗？！"范琛差一点把篮球扔到张北脸上，"就为一个女的？"

"女的怎么了，至少我坚持过！我不和丁佳在一起一定会后悔的！"张北把球扔回给范琛。

"丁佳丁佳，那女的哪儿好？"范琛一身热汗，呼呼喘气。

"你怎么就不明白，我就是要她当我女朋友！"张北的火也往上蹿。

"然后呢，她今天去澳大利亚，你去；明天她去美国呢，你也去。她去哪儿你就去哪儿是不是？"范琛顿了一顿："原来你张北是丁佳的跟屁虫？还是，寄生虫？没她你活不了了？"

两个男人互相对视，范琛的目光冰冷，张北读懂了空气中的陌生。

"我就是没她活不了。就这样。"

范琛的表情越来越冷，一字一顿："女人的寄生虫，不配当我哥！"

"我X你大爷！"张北猛地冲向范琛，给了他重重的一拳。

反应过来的范琛也开始回击，两人扭打在日落的篮球场上。

深秋的残阳下，两个互殴的身影逐渐变形扭曲，越来越细，越来越长。

如诉如歌。

8

八年就这么过去了。

八年，抗战都打完了，张北终于从澳大利亚回国了。

这八年里范琛一直没有换手机号。他总觉得万一什么以前的人想找他呢？

以前的人，还能有谁？

当电话响起来的时候，范琛有些恍如隔世的感觉。

"范琛，是范琛吗？我是张北！"张北的声音好像从很遥远的地方传来，"我回国了，喂，听到吗？我他妈的要回国寻找真爱了！"

张北说的真爱，真讨厌，还是丁佳。

"当时我怎么说的来着，你、你就是那女的的寄生虫！"入夜的酒吧，范琛喝高了，语无伦次。

"好，你对，你对还不行！"张北人到中年，穿得依然很"酷"，只是胖了，胖就和"酷"无缘，但他努力在"扮酷"，不合时宜地想抓住青春的尾巴尖。

"我就是丁佳的寄生虫、跟屁虫、裙下之臣，她吃定我了，她走到哪儿我就跟她到哪儿还不行？！我就认栽了还不行？！"

张北在澳洲结了婚，又离了婚。不知道女方是谁，反正不是丁佳。结婚也不是因为爱情，离婚也不是因为不爱了。平淡结合，和平分手，七年之痒，彼此都发觉，自以为能爱上对方是因为都没看清楚自己。

"我就要丁佳！"张北说。

"那女的到底哪儿好？"范琛眯着眼睛回忆丁佳的样子，他真的不懂。

张北想了想，自嘲地摇摇头，"呵，呵呵，不知道。"

范琛幽幽地看着餐厅窗外的飘雪，"又一年了。"

9

范琛从同学录上找到了丁佳的联系地址。或许是范琛一语成谶，丁佳在澳洲待了不到一年就去了美国，从美国毕业以后回了国，大家都不太清楚她是否结婚、有无子女，没有人知道她的近况。

至于那一年痴情的张北在澳大利亚为什么没追到丁佳，张北对此是这样解释的。

"谁说我没追到？我们就是好了，但后来吹了，我才和别人结婚的。"

"为什么？"

"咳，到手了也不过如此。"

范琛一口酒差点没呛掉，"不过如此你大爷！当年谁说非她不娶的？！"

"对，非她不娶，现在我不是回来找她了吗？"

"少来这套！到底怎么回事？"

"我傻帽儿呗！"

张北到澳洲没多久，他爸就在国内被双规了，一连好几个月，生死未卜，物是人非。同一时间，丁佳申请到了美国学校的奖学金，机会难得，过时不候。

"这算什么理由？"范琛摇摇头，不相信。

张北曦了一口酒，辣到了自己，没回答他。

男人之间的关于女人的讨论只有两句话，第一句，得手没有？第二句，谁甩的谁？范琛没有追问。

他还记得出租车里丁佳后座的声音，"我爱不上你。"

"别提了。"张北说。

爱里难以启齿的东西太多，能说出来的都只是借口。为了让大家面子上过得去，"别提了"倒像是个更真诚的答案，就如同一开始死去活来都要纠缠缱绻的一根线，已经绕成了一个怎么翻来覆去也密密匝匝的毛线球，拆不出线头，只能噎在心里。

既然过去了，就留给过去。

除非现在从头开始缠另一个毛线球。

范琛把丁佳的联系方式交给张北。

"你现在打算怎么做？给你真爱一点惊喜，还是惊吓？"

10

范琛安排了两辆金杯车，装满了鸡蛋，开到学校西门外的一片狗食馆地带。大学时代的夏夜，男生们总聚在这里吃串儿看球。现在学校要搞形象工程，狗食馆已经拆迁了，暂时一片废墟。

范琛让司机搭起来一个三米见方的支架，挂上了板子，又铺上了帆布，再夹上三个探头灯。夜色里，整个一大块结实的画布，被照得明亮夺目。

"你还真是全能。"张北兴奋地看着。

"该着我是干公关公司的，"范琛苦笑，"亏你想得出来！"

很快，有车子陆续地开来，当年金融系的男同学们，环肥燕瘦、秃顶腆肚，跳下车来。

"是男人，就必须来，哈哈哈！"

"张北，你牛逼！这年头还能干这么疯狂的事儿，挺你！"

"鸡蛋之约，不碎不归。"

当年吃过免费破壳鸡蛋的宿舍男人们要还张北一个人情。范琛从车里接出来两个低音喇叭，现场开始单曲循环《单身情歌》。

中年男人们一字排开，肚子凸度此起彼伏。

张北第一个出列。

他深深地吸了口气，以棒球少年的姿态，抬手、后倾、迈腿，用力地把鸡蛋朝画布扔——了——出——去……

停顿！

咔嚓！

仿佛世界定格了这一秒！

鸡蛋被甩在了画板上。蛋液在众人深情的注视下，在画布上形成了奇怪的图案，或是符号，流了下来。

吧嗒，碎掉的蛋壳落在了地上。

随即，如排山倒海一般，鸡蛋飞向了画板，产生了一阵毫无节奏又充满律动的咔嚓吧嗒声，好像是打字机，又像是机关枪，或者介于两者之间。

咔嚓吧嗒咔嚓吧嗒咔嚓吧嗒……

范琛站在车边上，并没有加入扔鸡蛋的队伍。他揪着眉头抽烟，在《单身情歌》的律动中看着越扔鸡蛋越兴奋的一群中年男人。

"爱要越挫越勇……"

咔嚓啪嗒……

"爱要肯定执着。"

咔嚓啪嗒……

"每一个单身的人得看透……"

咔嚓啪嗒……

"想爱就别怕伤痛……"

咔嚓啪嗒咔嚓啪嗒……

　　找一个最爱的深爱的相爱的亲爱的人，

　　来告别单身，

　　找一个多情的痴情的绝情的无情的人，

　　来给我伤痕……

11

末了。

司机开始把玻璃胶涂满整个画布，坐等玻璃胶变干的时候，有人开车走了，有人默默地看着满画布鸡蛋猛抽烟，还有个哥们哭了起来。

"行为艺术！原来这就是他妈的行为艺术！"

司机把干透了的鸡蛋帆布摘下画板，卷成了一卷，好像一块地毯一样从后备厢一直塞到副驾的位置。

"祝我好运吧，哥们儿。"张北的眼神中闪着亮光。

范琛捶了他肩膀一拳，"你说的，非她不娶！下次你要是不带着她，别来找我！"

张北钻进车里，想了想，又探出脑袋，"范琛！"

范琛没有回头。

"范琛？！"

范琛还是没有回头。他的背影举起胳膊朝张北摆摆手。

张北盯着范琛的背影看了几秒。他拉起车窗，带着不可预知的忐忑，朝着丁佳的地址开去。

首映礼

1

口红是女人的核弹。

只要有口红，女人的姿色便全出来了，深浅浓淡，人心叵测，如亮出兵刃武器，野心也昭然若揭。核弹的作用，在于不战而屈人之兵。涂口红的女人即便什么都不做，也可以得到她们所要的。

这便是口红的秘密。

当导演罗旭东把口红涂在自己的嘴唇上时，他才真正懂得了这一点。以往他并不喜欢女演员涂大红嘴唇儿，可此刻他不得不承认，只有涂了口红的女人才有前途。

他调整了一下假发，对镜端详着自己。上学那几年在表演系的功课没有丢太多，现在的他看上去真的就像一个女人，不仔细看的话不会看出任何破绽，尤其是在漆黑的电影院通道和影厅里。

如果万一被人看破，身败名裂还算好的，那些八卦杂志和自媒体的影评人更有了谈资槽点，会肆意解读、歪曲他的为人，连带着黑他的电影。

骂我可以，骂我的电影不行。

他有些气恼地意识到这想法的自相矛盾之处，因为此刻的他就是要去自取其辱地等观众骂他的电影。

他把男装行头装在了一个男女通用的挎包里。收拾完毕，微观四下，他悄然走出男卫生间，钻进了对面的女厕所。

女卫生间里一共七八个隔间，他挑选了最靠窗侧的那间，进去坐下。正在洗手的女孩压根没有抬起眼皮看他，便急匆匆地去回去看电影了。

罗导看看表，还有十五分钟电影就要结束了，正是大反转的当口。他对错过这一幕的女孩表示遗憾。

在主创和观众见面之前，首映安排了一个十分钟的休息，那是留给大部分观众来上厕所的时间。没有哪里比电影结束后的厕所更适合听到观众对一部电影最真实的评价了——尤其是女厕所。

这就是罗旭东待在这儿的原因——大名鼎鼎的罗旭东导演在第七部电影的首映礼现场的女厕所最靠窗的隔间里。

2

罗导演的这部电影名叫《月光美人》，是一个东方莎乐美的故事。他第一次读到莎乐美的故事，便对其念念不忘，多年来始终想把它搬上银幕。

那时罗旭东还在戏剧学院上学。和大城市的俊男靓女相比，来自安徽渔村的他是个帅气却寡语的少年。他极力克制着自己对花花世界的惊叹，在安静中默默地记录、学习和模仿城市青年的言行举止。学校的师哥师姐中不乏星光熠熠的大明星，大家聊起来，便会有知情人跳出来说，当时那谁，还有那谁谁，刚进校园时别提多不起眼、多土肥圆了，可后来那谁如何如何，那谁谁又怎样怎样，终于大红大紫了。这些鲤鱼跳龙门的故事听多了，罗旭东免不了受影响，他的艳羡和期待也在压抑中越滚越大。

我一定要做出点名堂啊！

大三时，他慎重而决然地向学校提出转系，他要去导演系，当导演。但由于导演系的学生本来就多，再加上都大三了，不符合学校规定，转系申请便被退了回来。旭东不服，用当平面模特的收入存下了三万元，叫上几个同学拍了一部短片，讲的是学校里的一个男同学和宿舍管理员、一个中年少妇的姐弟恋故事。拍摄前后才花了一周，摄影、剪辑都是哥们儿。罗旭东再次把转系申请递到学校，附加了短片，以示决心。

导演系的申请依然没过，但旭东想反正都拍了，不如送到外面的电影节去看看吧。他让当时的女朋友帮忙搜到了几个国外电影节的网站，抱着新人无所谓，姑且去增加点经验值的想法，把片子投了出去。

没想到这部短片在釜山电影节的短片环节中竟然得了奖。

他甚至都不是第一个得到消息的，导演系的系主任便找上门来了，立即要帮他转系。他欣喜若狂，没想到墙外开花墙内香。可还没等他转到导演系，外面的人也找上门来了，制片厂的、电视台的、报纸的，不是要招人就是要采访。按说这么个小电影节的奖在国内也不算大事，但那时候《霸王别姬》正火，新闻都追捧得奖的人。恰好那片子里饰演少妇的师姐不知怎么出了头，上了好几轮电视，逢人就说是她支持新人才去拍的这部短片，虽然与事实不符，但罗旭东也跟着沾光，便红起来了。

那是罗导演第一次见识名气的魅力。

他直到毕业都没有转系，简历上至今写的还是表演系，他已着实看懂了表演。

名气，就是一种表演。

3

就在一个多小时之前，罗旭东可不是这副变装女王的鬼样子。

他今年四十一岁了，可看上去也就三十五六岁。天生的好底子和坚持多年的健身，让他保持了年轻人的状态。抽烟喝酒KTV的生活他早就放弃了。红毯上星光熠熠，珠宝、美钻、闪光灯、摄像头，现在还有自拍杆，人就活一张脸，脸上写满了爱恨情仇和生活方式，藏不住。

尤其是摄影机现在都4K了。

媒体和粉丝都在等着见他。

想当年他靠短片起家，第二部戏就拍出了当年的票房之冠，第三部戏《雪梅青山》惊为天人，拿了那一年的威尼斯金狮奖，气势如虹。媒体都以类似"明明可以靠颜值却非要凭才华"这种论调来激赞他，罗旭东一时风头无二。

可拍到后面几部片子时，他就颓了。一开始制片人和他发飙、拆伙，剧本也改得不顺利，七零八落的，但最重要的是他离婚了，这一点很少外人知道。隐婚不是他要求的，而是妻子觉得和他在一起压力太大，便不同意对外公布他们的婚讯。他们一直没有孩子也是另一个导火索，总之那一年什么都不顺利。

他觉得不能如此，必须置之死地而后生，于是着急开机，没想拍得一塌糊涂。那部戏的女明星本来是冲着能上罗旭东导演的戏来的，期望的是强强联合让她更火一把，可到了现场，意见不同，一言不合就给导演甩脸子，旭东越来越懒得搭讯她。最后两人在片场互相都不说话，今儿你让副导演去吹风儿，明儿他让制片主任去捎话，两人都故意别扭着，这样的电影能好看到哪里去。

观众们都是白眼狼，一两部作品失了水准，人们就开始唱衰，而且乐见其衰。

人的命运犹如股票，看衰的人多了，本来没事的也会衰，一衰就一路衰下去。

接下来的七年，罗旭东什么也没拍。江湖上传闻他入狱了，圈子里传言他入狱出来就移民了，还有个别号称消息灵通的狗仔说那些都是假的，其实他是被富婆包养了。

所以可以想象，当七年未见的罗旭东带着作品重新出现在公众视野前时，媒体是多么兴奋！

"罗导！罗导！"

"看这里！看这里！"

"罗旭东！罗旭东！"

"在这边！在这边！"

"导演，和我们观众打个招呼吧！"

"导演，您预计票房能有几个亿？"

"导演，你现在心情紧张吗？"

人群中此起彼伏的欢呼声和叫喊声让罗旭东恍若隔世。

你们真无法想象我经历了什么。

4

砰的一声，有人推门而入，脚步声叮咚，是高跟鞋，似乎有两个人。

"他浑蛋！芸芸，我告诉你他是故意的。"第一个女人还没等走进门，就开始发火。

被称作芸芸的女生穿着平底鞋，跟上来的脚步声沙沙的。

"别急，姐姐先别急，电影还没完呢。"

"哪还用得着看到完？"旭东听出了她的声音，"把我拍成了那样，合着最后我演了一坏女人，这……观众得怎么想我？"

这是久违复出的女明星周美颂，《月光美人》的女一号，罗旭东的女主角。导演当然知道她说的是什么，他引以为傲的大反转——把女主角的悲情扭曲成了邪恶。

周美颂出道早，才二十岁不到就已经人气爆棚，满街凡是请她当封面女郎的杂志一定会脱销，甚至就连旭东远在安徽老家的妈妈都能喊出她演的角色名字："什么，你请了周美颂演戏啊，好好好。"可后来，这个女明星不知为何就销声匿迹了。那个年代女明星的情感婚恋都是禁忌，不像如今大家都能坦荡荡地摆出来消费。

"他罗旭东凭什么啊，他这不是骗我吗？"周美颂气愤至极，"我当时看他那可怜巴巴的小样儿，本是想帮他一把……"

美颂的声音微微颤抖着："他求我我才帮他的！"

"你啊，就是心太软、人太好了……"

"我早就说他压根就不懂演戏，别人演得那么烂他难道看不见吗？"

"咳，事到如今也没办法。"

美颂更加烦躁委屈，"就我一个人挑大梁，他还把我演得好的地方都剪了，最后挨骂的又是我！"

　　"咳，罗旭东自己就没想明白。"

　　没想明白？没想明白？！隔间里的罗旭东愤愤不平，他好歹是能在电影史上留五百个字介绍的导演，何时沦落到让一个乳臭未干的小姑娘评价"不明白"的地步——不，绝不！这是我罗旭东最好的一部电影，而且会是多年来唯一萦绕我心、撼动我心，每每想起来就掩面而泣的巅峰之作！

　　"我不是让你盯后期吗，你盯什么了？连这么大的改动都看不出来？"美颂话锋一转。

　　"我、我也被蒙在鼓里啊……机房去的时候没剪到这段啊，再说我们那时不是去韩国了吗……"芸芸的声音变小了，意味深长。

　　美颂不说话了，暂时放过她。

　　"要不……我们找个剪辑师，帮他们重新剪一版，哪怕我们自己出钱？"

　　"啊，姐，这样也太亏了吧。"芸芸的声音夸张地起伏着。

　　"我不帮，谁能帮他呢？"美颂的语气充满了感情。

　　一瞬间罗旭东的心口发热、背后发凉。这是帮吗？拜托，这是我罗旭东最好的电影，是你周美颂最好的角色，你懂不懂？导演才是一部电影的终极指挥官，而不是你周美颂。你不希望观众看到的才是你最富有魅力的东西，你的虚伪才是你的真实，你的邪恶才是你的可爱。只有在我手上，你才能变成一流的女演员，你懂不懂？

"帮我的肩膀补点粉。"隔板门外有一阵翻动化妆包,瓶瓶罐罐碰撞的声音。

"一会儿怎么说?"这其实是美颂最担心的问题。

"要不别接受访问了?"芸芸实在是个成事不足、败事有余的角色。

"可,这裙子太漂亮了,不露面的话……"旭东能想象美颂噘嘴的样子,"要不,咱不回答问题了,就站个台,给导演个面子。"女人说到自己想做的事情,总能有一万个伪装的理由。

芸芸忍不住再次谄媚这"高洁"之行为,"姐,你不红的话,真是老天没开眼了!"

旭东哑然苦笑。

5

罗旭东把《月光美人》的剧本递给经纪人虹姐的时候,虹姐压根没有兴趣,不管是对剧本本身,还是对他。这个当年在罗大导演身边端茶倒水的小助理如今已混成自己开经纪公司的女豪门。宾主一场,但身份关系早已转化,没人愿意给不开胡的导演当经纪人,反而是罗旭东要忆往昔、论情怀才能让虹姐挂名帮他走走关系、拉点投资,饭局上帮着谈谈价。虹姐的冷淡本身并无意外,但当旭东提出要请周美颂当女主角的时候,虹姐吃了一惊。

"谁?"虹姐的男助理先扮演了"傻白甜",开口问道。美颂红的时候，他还没有出生。

"她还在演？都快绝经了吧？"虹姐接道。

女人的刻薄在于嘴角之凛冽，由此可见一斑。虹姐背后说起明星来绝不嘴软。

"她演得不行！"虹姐冷笑道。

"演得不行？你开玩笑吧，她可得过两次金马奖呢。"

"定了她你就更别想找到投资了。"

"好多投资人都是她的粉丝。"

"得了吧，都被她气吐血了。你记得那个《西厢记》，当年多大的投资、多棒的阵容、多少人伺候她，她可好，炒了服装师、炒了摄影师，最后差点要把导演换了，你记得吗？说光不到位、衣服太肥、耳环过敏，都不行，最后非说自己累哮喘了，片子都完不了，差点把资方害破产……"

"可她真的很适合这角色，没人比她更适合。"

"谁说的，那么多女演员，好多人能演呢。"

"你虽讨厌她，可这不是工作吗？"

"你找你前妻拍电影还觍着脸和我说是为了工作？"

一旁翻看剧本的男助理听闻此句，抬头乜斜了一眼，听闻八卦的惊诧虽不易察觉，但还是被罗旭东捕捉。为了不在小孩子面前受这股轻视之气，罗导演收回余光，佯装不屑。

"不为工作你以为我愿意理她吗？"

记得吧，他早看透了表演。

"就算你找她，她都未必理你，如果她同意，八成是要报复你才同意的。"

虹姐从来就是嘴欠。

"她现在不火了，不会像以前那么任性了。"

旭东说的可是实话。

"哼，一个演员不喜怒无常的话哪能叫好演员？"

虹姐这句也是实话。

男助理并没有意识到自己压根就没资格在这位导演大师面前说话，换作旭东，下属插嘴足见虹姐没教好他规矩。可罗旭东绞尽他那得过威尼斯金狮奖的大脑的脑汁也想不到，他事业的第二个春天会得益于这位比自己小二十岁并携带八块腹肌的小狼狗。因为就在两位大佬讨论正酣时，一直翻看电影剧本的男助理打断了他们。

"喂，这故事超棒啊！"

6

罗旭东当年第一次见到虹姐的时候，虹姐又胖又壮，黑长直遮住了一半脸。见到旭东害羞得都不敢抬头看他，老实得犹如一块带皮的土豆。今日的她早已脱胎换骨，做了韩国的脸型和下巴，两块苹果肌吹弹可破，御姐的脚趾每夜都有男人舔。男助理对《月光美人》的喜爱之情感染了虹姐，她终于同意给罗旭东的这个戏当制片人。谁知道呢，说不定这也能成就虹姐的事业下一春。

女厕所的隔间里，手机铃声打断了旭东的回忆，他掏出手机一看，正是虹姐。

"喂喂，老罗老罗！"虹姐的声音里带着激动，"你猜怎么着，大哥看了，说特别棒！"

"大哥来了？"旭东心里一阵狂喜。电影圈里当仁不让的大哥就是这位大哥。从兰桂坊到大栅栏，从纳木错到淮海路，他的名字妇孺皆知，在圈里的地位有目共睹。如能得到大哥的赏识，自然与有荣焉。

"没想到大哥这么给面儿！还真来看了，他说没想到你拍得这么好！绝对盖了！"虹姐的声音几乎要震动整个隔间，还好周美颂和芸芸已经走了，卫生间没有他人。

"大哥真的喜欢？"

"我骗你干什么啊。老罗，相信我，你要重回巅峰了！"

旭东简直不敢相信自己的耳朵，巅峰啊！

这两个字让他想起来有一年大冬天，没有叫车软件的年代，他酒后打车，和一对情侣为了抢出租车吵了起来。女朋友看着他眼熟，说你是罗旭东吧，特喜欢你那个《雪梅青山》，合个影吧，车让给你。他怒了，跟男朋友推搡起来，你让谁啊，你以为你谁啊，我才不是狗屁罗旭东呢！罗旭东谁啊？

此刻他突然想让那对情侣知道，我就是罗旭东，而且我即将重回巅峰了！

头上顶着女假发，旭东突然地想起来了什么，"对了，那个大反转，大哥怎么评价那个大反转的？"

"什么反转？"

"结尾大反转，倒数十五分钟。"

"哦，大哥肯定没看到，他待了半小时就走了，他还有饭局。"

"大哥没看到？"旭东心里一紧，"还没看完他怎么说好呢？"

"哎哟，看了半小时就说好了还不好？看得越多，能挑出来的毛病越多。"

"可没有那个大反转，前面都是俗套，那个才是点睛之笔……"

"别那么矫情了，哥。大哥愿意给咱的片子站个台、点个赞，至少一个亿票房有了，别不知足……"

门口忽然传来脚步声，旭东还没来得及听完，他也不确定他想继续听下去，就仓促地挂掉了电话。

7

两个姑娘钻进了厕所，她们上厕所的声音让罗旭东有点分心。他都小半年没有性生活了，不是没机会，是他压力山大，怕表现得不好。

"没看懂啊，"一个姑娘说，"怎么结尾女主把男的杀啦？"

"她恨他呗。"

哦，不不，她爱他，旭东心想，她爱他爱得要死，所以必须杀了他。

"她不是说了她恨他吗，所以才杀了他。"另一个女孩的声音轻松愉悦。

哦，不不，旭东心想，她只是嘴上说恨，心里却爱。

"那怎么又自杀了？"

"完成使命了，所以就决定死了呗。"

哦，不不，不是完成使命，旭东心想，她纵身一跃，预示告别过去的自我。

"和《卧虎藏龙》一样。"一个女孩说。

"都是套路。"另一个女孩接。

旭东如同热铁皮马桶上的猫，简直忍不住想跳脚。

"我觉得情节很有创意啊，是罗导最好的电影。"旭东掐尖了嗓子，隔着门板说。两个正在洗手的女孩一愣，龙头的水哗啦啦地流着。

"什么？"一个女孩关上龙头试探着走向旭东的隔间问道。

"我觉得特别好看。"毕业表演时罗旭东演过《蝴蝶夫人》，同学们为了创新，所有的角色都是反串的。那时候旭东就训练过自己的女声，虽然今天听起来略微穿帮。

旭东故意把高跟鞋踩在门缝可瞥见的地方。

两个姑娘窃窃私语，转为嬉笑，"神经病啊！"她们欢笑地走出了卫生间。

8

大哥这几日正为一个大笔杆子生气，不是别人，正是他下一部戏的编剧。编剧本来是这行当里最没话语权的，可正因为如此，一旦谁飞上枝头，谁都免不了一朝权在手，尾巴翘起来。

以大哥的身价，想替他写戏的人多了去了，这位大笔杆子，不过仗着前两部戏赚了钱，在剧本会上和他呛了起来，让他下不了台，还背地里自诩"耿直"，让他甚为不爽。

"他要是再这么着，我不拍了！他以为他是导演啊，你投资人都没说话呢。"大哥在电话里和投资人抱怨。

说是投资人，但其实是大哥的长期经理人，一个高级打工仔。没有大哥，投资人也降了半截底气，装不来。为了这半截底气，投资人只能给大哥当枪，指哪儿打哪儿。

"我和他聊聊去，你放心，但你不拍不行，这念头连想都不要想。"

名气就是底气，大哥还红，什么都是对的，有一天大哥不红了，再作践也不迟。亏本的事儿，投资人可不会干。

大哥和大笔杆子赌气，借茬儿去了首映，可没过半晌，投资人就说搞定了。投资人说搞定了，就是真搞定了，不管他怎么搞定的，搞定了就行。才看了半小时的电影，投资人来接的保姆车就到了，大哥找个了借口，准备撤去庆祝大笔杆子认栽。

"我这人你还不知道？我不记仇。"

保姆车停在了门口，虹姐陪着大哥和团队低调地走出后门。

"片子还行，节奏不错。"

"哎哟，大哥，谢谢您专门过来一趟……"虹姐一路小跑，跟不上大哥的大长腿走得快。

"今天是老罗的大日子，别让我抢了风头，你赶紧回去忙活吧。"大哥思路停都没停，对几个助理发牢骚，"创作面前人人平等啊，对事不对人啊，我不拿（我是）演员压你，你也别拿（你是）编剧压我啊！讲道理对不对？"

虹姐依然一路小跑地跟着，"老罗这几年真是很不容易，能沉得住气啊，一点也不浮躁……"

大哥似乎没听进去，又似乎是说给虹姐听的，他说："这演艺圈没谁都一样，谁也别太把自己当块料，没他大笔杆子怎么了，没我又怎么了？连老罗这么厉害的导演，几年没拍电影，观众少什么了？是吧，都无所谓……"

虹姐似乎没听进去，又似乎是说给大哥听的，她说："虽说是几年没拍了，但他状态特别好，创作力旺盛……"

大哥继续碎碎念："那么多编剧、导演想和我合作，我干吗非找一个呛火的，还不是为了创作，还要我怎么有诚意……"

虹姐继续碎碎念："老罗特别不爱出风头，一心扑在创作上，什么饭局都不去，在导演里面太难得……"

大哥如行云流水般一溜烟儿钻进了保姆车，几个助理保镖训练有素地分别消失进了车里。投资人坐在第一排的两个大座位之一，他远远瞥见虹姐，使劲往后缩，电子门咔嚓锁上，虹姐被隔在了车外。

大哥一挥手，"甭送了，虹姐，拜拜！"

保姆车缓缓启动，留下虹姐对空摆手。

靛蓝的夜幕月朗星稀，真是个看电影的好夜啊！

9

"你躲什么？"大哥问向后座的投资人。

"咳，女人！"投资人坐回第一排的大座位，"懒得打招呼。"

大哥似乎轻哼了一声。

"电影怎么样？"

大哥摇摇头，"不行！""不"字特意拖了长音。

投资人长嘘一口气，"哦。"

"可惜了，他还是那些套路，一点没进步！"

"现在什么时代了，观众哪有这耐心看戏剧逻辑？"

"我要不是为了看一眼周美颂，我压根不来。"

"别说，就她还不错。"

"我高中时候简直迷死她了……"

"可还是老了，观众看可能还行，我一看，哎呀，心酸……"

大哥摇摇头，陷入回忆，美人迟暮，惆怅难消。

投资人没工夫体察大哥的情绪，不再搭话。

他心里琢磨的是另一桩，他想做个新公司，攒几个项目打包上市。

大哥只有一个，但可投的项目多得是，他暗暗储备了几个导演、编剧，其中就包括这位大笔杆子，还有罗旭东。老罗再是条咸鱼，也是拿过国际电影节大奖的咸鱼，能拿这个奖的就那么几个人，瘦死的骆驼比马大，拿过奖的咸鱼还有翻身的概率，投资人便投了他的戏。

大哥可不知道自己的长期经理人已经开始谋划布局，他还沉浸在和大笔杆子的智斗中。投资人去解围，大哥一个电话，他就知道，这事儿没法解。因为大哥地位虽高，可大笔杆子也不能得罪。像合伙开公司一样，两个股东都觉得自己对项目的贡献大，却还要听对方的话，好不委屈。

"不让大笔杆子写了。"

"啊，你这是干什么，我让你去聊聊，怎么把人炒了？"

"你犯不上和他一般见识！编剧多得是，咱找别人写。"

投资人这头哄着大哥，那头儿刚用同样的话，哄了大笔杆子。

"你犯不上和他一般见识！演员多得是，咱给别人写。"

投资人觉得大哥当老好人，明星说到自己想做的事情，总能有一万个伪装的理由，演着演着自己都信了，真可悲。大哥则觉得，这么多年观察起来投资人没什么不好，就是出手太快、下手太狠，花花草草也不放过。演员在镜头前的八面玲珑，和他们干金融的比起来差远了。大哥想，我还是 TMD 太善良了！

解决矛盾半小时够了，这是个讲效率的年代。

10

虹姐送走了大哥，一声叹息。她是罗旭东的老朋友，也是这片子的制片人，于情于理，她还是希望《月光美人》有个好结果。

男助理在她身后，光顾着 PS 自己和大哥的自拍照。听到了她的叹息，问道："你怎么了，姐？"

虹姐都忘了自己多久没有好好看一部电影了。平时被投资方邀请的、经纪朋友赠票的、宣传发行推广的，她看了那么多电影，却已把看电影彻底变成了工作。

这一夜她是不是应该真的去看一场电影呢？

"你看什么呢？"男助理从背后抱住了虹姐，给她看微信上的朋友圈，他发了和大哥的合影自拍，"好多'赞'啊！"

虹姐从月朗星稀处收回目光。

"我打个电话。"她收拾心情，嘴角上扬，拨通了罗旭东的号码。

"喂喂，老罗老罗，你猜怎么着，大哥看了，说特别棒！"

她必须给她的导演来点好消息。

"你要重回巅峰了！"

11

与此同时，娱乐记者阿木正在放映厅里一边看电影，一边给自己的老板兼老妈敲微信。

"太烂了！"

"好想走。"

"说好听了叫江郎才尽，说难听了简直看了一百分钟屎。"

阿木以前是日刊时装杂志的美容编辑，她的强项是钻研各种护肤美容之术，她能一眼分别粉底色号，然后看出来你的眼影涂了几层。从杂志跳槽到这家影视娱乐公司纯属无奈，因为这家公司的老板正是她的亲娘。老板妈妈让她来首映礼采访之前，阿木压根就没听说过罗旭东这个名字。

阿木妈正在饭局上，一直没回复阿木的微信。阿木断断续续地发了一个小时，简直如同文字复述加吐槽了整部电影。直到妈妈饭局结束才发现手机上女儿几乎满屏的"弹幕"。考虑到这是阿木第一次单独采访，老妈决定给阿木打个电话安抚一下。电话接通，对方哭得稀里哗啦的。

"怎么啦？"

"呜呜，呜呜，太、太好看了，太好看了！"

"太好看了？"妈妈以为听错了。

"大、大反转……没想到，简直太绝了！"

阿木在电影结束前的十五分钟里，变成这个叫罗旭东的大叔的脑残粉。她在见面会前的休息时间发了好几条朋友圈激赞这部电影，这距离观影过程中吐槽的那些条朋友圈和微信，也隔不了三五趟厕所的时间。

12

影评人乖兽对着手机说到最后一个字，罗旭东才发现这个在身边的隔间里对着电话语音了这么久的陌生人，就是大名鼎鼎的影评人乖兽。

因为她正对着微信一条条口述影评，核心内容讲完，又说："你再放点花絮，导演资历什么的百度一下。"显然对方是个新手实习生，她还谨慎地提醒，署名为"乖兽"，不是"怪兽"。

"今晚十点之前发给我，我审一下，可能还得改，十二点前必须发稿，记住保持手机畅通。"

旭东看看表，九点半，自媒体真是既自由又勤劳的工种。

太意外了！

他一直以为乖兽是个男的，乖兽微信公众号里的文章他几乎每篇都看过，文笔辛辣、评论犀利、阅片量巨大，好多连旭东都没看过，真不知道她哪有那么多时间看这么多电影，还笔耕不辍。

乖兽认为《月光美人》没什么深度，台词也不新颖，情节都是套路，但她赞扬了大反转，这一点让罗旭东无奈中又有几分欣慰。

乖兽布置完工作，终于松了一口气，她拨通另一个电话。

"喂，宝宝，是妈妈，妈妈还在工作，你和爸爸要早点睡觉啊。"

罗旭东心一酸，唉，家家有本难念的经。

她又拨通另一个电话："杜医生，我这个失眠越来越厉害了，您开的那药一点作用没有，我觉得还不如不吃的时候好……"

罗旭东默默地打开乖兽的公众号，找到她最新的一篇文章，准备给她打赏一百块。

"这次睡了不到一小时，还好是文艺片，不影响剧评。"电话里的乖兽继续向杜医生汇报病况，"现在我只有在电影院才睡得踏实。"

罗旭东腾地放下了手机。

13

旭东想起了《月光美人》杀青那天，他特意安排了美颂走向大海的那个镜头，她穿了一条长裙，他要她走得越慢越好，漂亮的长裙随着每一步在她身后卷起来波浪。美颂仿佛也因为那是最后一个镜头，舍不得杀青似的，一走再走，拍了七八条，每次都充满变化，又富有感情。罗旭东好奇如果他喊"再来一次"，镜头里的她会不会又给他惊喜？

拍到第十一条时，已经够了。他喊"cut"了之后，让场记标注了"good take"。

"好了，杀青。"旭东这句话说得并不大声，而副导演则习惯性地高喊："杀——青——啦！"现场一阵说不清是回声还是工作人员的叫喊混杂起来，欢快极了。

美颂走到监视器前紧紧地拥抱了旭东。

"导演！"

她拥抱着叫他，声音中透着崇拜和热爱，犹如她第一次见他时一样。他们相爱的时候她如同一只小鹿，可聚光灯下她恢复成所有人的女神，一开始他并不习惯这切换，他想要个家庭，妻子、孩子，她说她也想要，可她不能，因为"不会幸福的"。他忽然想，隐婚也没什么不好，至少现在还可以合作。

美颂的眼眶泛红。

杀青了，谁知道他和她的，也许是各自的下一部电影，会是什么时候？会不会有下一部呢？

杀青那天的最后，旭东瘫软在导演椅子上，看着工作人员兴奋地收工。无人能理解拍戏的折磨和不拍戏的失落，拍也不是，不拍也不是。

这世界磨损我，犹如我磨损自己。罗旭东突然想到的这句话，后期加在了画外音上，放进了电影里。

14

隔间里的罗旭东经历了生死考验的十五分钟。

以前哪有这么费劲？

《雪梅青山》是 1999 年上映的，那时候的群众看完了就热聊，有留在电影院外面聊的，有聊着聊着就认识的，还有认真地跑来和主创讨论的。

现在不一样。

电影结束了，女厕所外面排成一队，都不吱声。在隔间的旭东听起来，除了令他烦躁的冲水声，就是手机键盘嗒嗒的打字声。

"还行吧。"似乎是仅有的评价。

观众连表达的欲望都没有了。

旭东等待的吐槽、批评和赞赏都没有，十五分钟里，他的世界前所未有地安静。

这安静让他心生绝望。

他点开手机。豆瓣评分是 7.7 分，来自网络上陌生的 603 个人，评论内容真假莫辨，分不清是真的还是被雇用的水军。再看一眼朋友圈，虹姐已经把《月光美人》刷了屏，大哥果真在下面点了赞。

旭东叹一口气，修整自己，压低假发，默默地走出了隔间。

路过镜子的时候他忍不住看了自己一眼，口红还在，没有穿帮。镜子里的他高高大大，乍一看这么高大的女人还真少见，可卫生间十几个排队的姑娘，压根就没有抬眼。这伪装的劳什子毫无用处，旭东明白了，没人真的在乎。

15

旭东在男卫生间里擦去了口红，换回来正装。虹姐已经微信了好几十条五十多秒的语音给他。人呢？

旭东钻回了 VIP 厅，主持人见到他谢天谢地，还以为他失踪了，赶紧让所有人回到电影厅。公关公司太没有经验了，间隔时间那么久，走了不少人，电影厅还剩下一半空着。

流程化的欢迎、介绍、感谢、提问和回答，旭东觉得这一切既熟悉又陌生。讨论最热烈的是两个问题：一个是问美颂如何保养的，另一个是委婉地问美颂如何看待过气女明星演一个过气女明星这件事？

"导演带着这个角色找到您时，您是怎么想的？"

见过大场面就是见过大场面，美颂的眉眼笑意是那么招人喜欢，口红色选得正好，衬得那张小嘴嫩如石榴。

"我怎么想的，我能怎么想呢？

　　"是罗导的戏啊！电影界最棒的导演找我演戏，我还能怎么想呢？"

　　"我相信中国任何一个女演员都会和我有一样的想法。"

　　美颂努力在笑，她的脸有点僵。

　　"毫不犹豫地就答应了。"

　　旭东看着她，微笑僵了起来。

　　这一切糟糕透了！

　　最后一个问题，是一个不知哪里的小姑娘提的。

　　旭东只希望这一切赶紧结束。

　　"罗导演，我想问关于结尾，大反转是点睛之笔，你怎么想到的？还有，女主角明明很爱那个男人，为什么要纵身一跃和过去的自己告别？"

　　犹如深海中漆黑一片，有人突然划亮了一根火柴。

　　提问的记者正是阿木，她觉得很奇怪，导演怎么了？

　　罗旭东微微有些颤抖，他不自觉地眨巴眼睛，吞咽口水，欲言又止。

　　口袋里，那支口红已快被捏出水儿来。

最后的"白日梦"

张北洋是 1979 年 12 月 31 日接近午夜时候出生的，几秒之间他就能混成一个"80 后"，却因为助产护士的一念之差，挂在了"70 后"的尾巴尖。

记得儿时妈妈总哼共产儿童团歌给他听，歌词唱着"准备好了吗，时刻准备着……将来的主人，一定是我们。小兄弟们啊，小姐妹们啊，我们的将来是无限好呀……"转眼几十年过去了，这世界变化快，张北洋的"将来"就是现在。励志歌曲帮不了他，人不一定能活成自己想象的样子。这是个一事无成的人。

1

此刻张北洋揣着小红本走出了民政局，大冬天连个手套都没戴。身后裹着貂的女人拉着孩子走向另一个方向。"爸爸！爸爸！"儿子张小北的叫声不断，张北洋这个大老爷们忍了忍，头也不回。

"不就是离个婚嘛。"

如假包换的新任前妻开车路过他的身边，十岁的张小北摇下车窗，把着窗边对他说："爸爸，你要照顾好自己，开心一点。"犹豫了一下多一句嘴，"做点有用的。"

张北洋却佯装轻松地摆摆手，"傻瓜，爸爸自由了！"挥别了他的婚姻。

张北洋供职的这家星巴克店开在一栋五星级写字楼下，进进出出的都是衣着光鲜的高管或白领。就在刚刚，心情不好的张北洋用毕生最上限的恶劣态度处理了一件客户投诉，店里的人都惊呆了。

"我不差你这一个喝咖啡的！"

店员们哪见过这等架势。这种国际化的大品牌对待普通投诉都是含情脉脉地道歉外加送个免费蛋糕，哪见过和顾客戗起来的？一般人也就罢了，殊不知今天这位乃是这栋大楼物业大老板的丈母娘。结果显而易见，张北洋在星巴克工作七年来第一次发飙，就被开除了！

"为什么非要这样？"张北洋的女同事不解他的反常，再怎么说，张北洋也是店长。

"世界那么大，我也想去看看！"张北洋却还嘴硬。

"都快四十的人了，能不能对自己负责一点？"女同事叫徐芳珍，只不过在星巴克她叫Jean。

张北洋对Jean对自己的不理解表示不理解，瞪眼道："胡说！我的人生才刚开始呢！"

2

张北洋和前妻共有的房子只写了他一个人的名字，可房子还有按揭，失了业的张北洋不得不把房子出租，用房租还月供贷款和赡养费。失去了家庭，又让出了房子，张北洋只好搬回鳏居的父亲那里合住。

老爷子什么都没说，十几年习惯了独居，突然变成两个大男人的日子，仿佛回到了张北洋小时候。他给早逝的老伴儿的牌位上了炷香，念念有词说："孩子他妈，咱儿子想你了，回来陪陪咱。"

张北洋的妈妈命不好，死得早，却不是因为什么大病，而是被气的。她当时要在单位入党，这入党申请书七七八八写了一摞，却不知何故总也落实不了。那个年代人人争先进，不让你入党，就如同否认你的优秀和进步。北洋妈一来二去积怨成疾，就落下了病根，几年之后就撒手直接去找毛主席要说法去了。

人的命真有点是"命数"。当时张北洋十岁，和现在的张小北一样大。

半年转瞬即逝。

张北洋变成了个旧社会妇女，大门不出二门不迈。早上不起床，午饭叫外卖，晚上打电动，睡觉前刷刷手机。他每天都很忙，其实什么都没有发生。

"世界这么大，我想去看看。"

离职的时候张北洋的确是这样想的，可在家里赖了一阵之后，他就发现，去看世界这件事，还真不是太容易。

首先就是去哪儿的问题。张北洋长这么大，还真没去过几个地方。

有一年以前单位团建，组织去了趟海南。还有一次，家里有个远亲在安徽去世，他去芜湖奔丧住了几天。前妻老家是东北的，结婚前后他只去过几趟。张北洋想，这回怎么着都得出个国。

可出国啊，说起来好听，想起来真挺可怕的。且不说别的，离职了他才知道，就连办签证的都歧视他这没有单位的"自由职业者"。旅行社咨询了一圈，像他这种没有正式工作、无法提供存款证明、银行流水少得可怜还离异单身的中年人，选择甚少。签证代理不是担心他经济能力差，就是怕他有移民倾向。

"找免签的？中国能落地签的国家就这几个，要不您从这几个挑挑？"

济州岛？太近。塞班岛？太远。马尔代夫？太贵。

斐济、帕劳、黎巴嫩、东帝汶……

呃，那边是不是在打仗啊？

那……马达加斯加？只要您持有效护照和往返机票，马方可以给您三个月落地签证。

张北洋歪着脑袋想了半晌，问："是不是有个动画片……"

3

儿子张小北来电话的时候，张北洋正在网上研究这个马达加斯加共和国。一番搜索他才发现，马达加斯加是非洲最穷的小国之一，连个直飞的航班都没有，得先飞到土耳其，再转机到毛里求斯，才有些不知名的非洲航空公司能把他运到那个鸟不拉屎的马达加斯加，光坐飞机就要坐二十几个小时。

　　想象着自己一个人背着个大包穿越亚欧非，张北洋立刻丧失了去看看的决心和勇气。

　　"爸，我妈让我问你找到工作没？"张小北在电话里实话实说，戳中了他的痛处。

　　"你告诉你妈，不是每个人都像她那么现实！嘿嘿，世界那么大，你爸我就要去马达加斯加了！"

　　"妈，我爸说他要去马达加斯加了。"孩子在电话那头和母亲对话。

　　"对，对对，你告诉她，别光盯着我，她自己抓紧着，女人四十豆腐渣，再不找没人要了……"

　　前妻抢过来电话数落他："这么大人能不能别这么幼稚，当着孩子面也这么不正经……"

　　撂下电话，郁闷的张北洋又打了一夜游戏。

　　天蒙蒙亮的时候，他突然想起来了，昨天是儿子生日啊，他光顾着和前妻斗嘴，连句生日快乐都没和儿子说。

　　他记得张小北特别喜欢一个进口的航空模型，想着干脆去买给儿子吧，可一琢磨这半年了都没收入，他决定还是去问老爷子周转点钱。

　　4

　　老爷子起得早，倒不是年纪大没有觉，而是家里花鸟鱼虫养了一堆，喜鹊一叫，他就醒了，先得浇花、喂鸟、给鱼换水，偶尔还得看看他那养了十来年的龟，儿子没回来住之前，这些"玩意儿"和他儿子、孙子差不多。

张北洋今天破例和老爷子一起吃了早饭，馄饨油条，咸菜条是老爷子自己腌的。吃完了，张北洋磨磨叽叽地说："爸，小北快过生日了。"

老爷子一边收拾碗筷一边答道："嗯，是啊，不是昨天吗？"

"您记得啊？怎么也不提醒我一下？"张北洋有些气恼。

"记得啊，我买了个航模给孩子，昨天他还打电话来说谢谢爷爷呢。"老爷子这么一说，张北洋更是气不打一处来，问道："您怎么也不替我送一份？"

"我哪做得了你的主？！"老爷子明显话里有话，噎得张北洋没法接，更别说开口借钱了。

他气鼓鼓地要回自己屋里，路过老娘的灵位时他瞥了一眼妈妈的遗像，黑白照片上一个中年女人端庄娴静。

唉！

5

张北洋打算干点什么。

他必须干点什么。

他洗了个澡，让自己清醒了点。打开电脑，找眼镜。拿出白纸，找水笔。打开百度，一下被蹦出来的广告干扰，还少点什么，哦，对了，咖啡！

沏咖啡时他发现咖啡豆过期了，翻找咖啡豆时翻出来一堆星巴克"遗物"，他忍不住又追忆往昔一番。

直到张北洋终于坐下来喝上了一杯熟悉的星巴克咖啡，他肚子里翻江倒海起来，忙着跑去厕所。在厕所里看 iPad 新剧一看就是大半个小时。等出了厕所，咖啡凉了，早忘了要查什么东西，又坐回沙发打游戏。

刚打了一会儿他就困了，心想着再努力也要注意身体啊，张北洋决定去睡一会儿，再一睁眼已经是下午四点。老爷子今儿要炖条鱼，张北洋帮着收拾了一下鱼鳞，再看看表，就到晚饭了。

一天就这样过去了。

无心专注，百无聊赖，白纸上一个字也没有，夜里反而成了张北洋一天最精神的时候。

6

对，马达加斯加。

还是去马达加斯加吧。张北洋想一想，点开了那部同名的动画片，还是先复习一遍电影积累点所谓的"攻略"吧。

马达加斯加是好莱坞梦工厂拍的动画片，动画片里有狮子、斑马、长颈鹿。张北洋记得，好像还有企鹅。

片子刚开始，他突然发现片头出现三行字幕。

"本剧翻译：'白日梦'字幕组；

"翻译招募，英美剧爱好者优先；

"有英语基础，有时间，能上网。"

这三行字激发了张北洋的好奇。有英语基础，我有啊，星巴克点单那"中杯""大杯""超大杯"不就是英语吗？有时间，我有啊，全天都空；能上网，我能啊，网速超快。

张北洋突发奇想，我——要——参——加——字——幕——组。

7

字幕组？

干什么的？

现在的网友，都看视频。不管是欧美大片、岛国精品、泡菜偶像剧、二次元动漫，无一不需要对白的翻译。字幕组就是一群自发组合的网友，搭伙翻译外国电影、电视、动漫、视频的对白，然后发布在网上方便观看的民间组织。

对啊，没个字幕怎么能看懂那么多外国片子呢？

张北洋这才意识到这群人的存在，不由得感慨，这时代的闲人真多啊！

很快，张北洋就接到了"白日梦"字幕组回复的邮件。对方一介绍，张北洋才知道这活儿是没有钱的，全凭自愿。虽然没费用，但对方可以给他一个服务器账号，想看什么片第一时间都有资源。想到只要翻译几个电影就能免费看片儿，本来一时冲动的事儿突然有点有趣了。

"白日梦"，这名字不错。张北洋一咂摸，冥冥中，说不定和这事儿还有点缘分呢。

张北洋试着把测试电影下载了下来，这是他的考题。现在科技发达，他先用 iPhone 语音识别，再用百度翻译直接复制粘贴。最后把前言后语顺了一下，一部电影所谓的"字幕翻译"他花了三个小时就全部搞定了。

我真是人才啊！

张北洋把测试题发回去的时候，一种久违的成就感不知怎的油然而生。

张北洋约了 Jean 在星巴克，聊一聊。只不过，不是自己曾当店长的那一家。他已经好久没出门了，不过回到星巴克还是让他觉得踏实。

Jean 听说张北洋要去马达加斯加，大吃一惊，担心这担心那，都被张北洋一一解释了。但说到最关键的"为什么要去那里"时，他突然有点无语，因为他不想告诉 Jean 他是因为免签才去的马达加斯加。

"其实是因为一部电影。"张北洋佯装黯然地说道。

"电影？"Jean 不解。

"是个动画片，当时是带着我家小北去看的。他特别喜欢，当时就喊：'爸爸，爸爸，我要去我要去。'唉，那时候他连'马达加斯加'还说不顺溜呢。"张北洋顿了顿，"我现在最想的就是完成对儿子的一个心愿吧。"

Jean 被感动得一塌糊涂。

和 Jean 分手之后他给张小北打了个电话，再怎么样，他也得跟儿子说个生日快乐。

"等爸爸从马达加斯加回来，一定给你补一个生日礼物。"

接电话的张小北显得很平静，"谢谢爸爸。"

"怎么心情不好？谁欺负我儿子了？"

"我妈给我报了一堆课外班，一大堆作业都快累死我了。"

张北洋得意起来，批评道："你妈太不像话了！你要是跟我，爸爸绝对不逼你写作业！"

儿子反应淡漠，"妈说我有你的基因，如果不从现在努力，以后要改更难。"

前妻这话真让人心寒，张北洋心想她这要跟我恩断义绝了。

8

"白日梦"字幕组的第一次聚会，约在了张北洋曾供职的那家星巴克。张北洋思前想后，主动提出改成了在火锅店，他请客。他想，宁可多花点钱也得在星巴克的小世界里留住他张北洋的面子，再说，Jean 还在店里呢——他现在是个离婚男人，总得想想下一步。

张北洋特意穿了条破牛仔裤，格子衬衣配皮夹克，光看背影年轻了十岁。

　　火锅店人满为患，没有包厢了，字幕组的人只得坐在大厅里，张北洋是第一个到的。"白日梦"组的人陆陆续续来了，一共五个人。按到的顺序来说，第一个是东四的户籍片儿警卢俊，就他和张北洋岁数相仿，瘦高个，自来熟，一坐下来先念叨着老婆要生孩子了，他好不容易才腾出时间来吃饭，又说起来自己结婚晚，胡同里多少个老太太曾经要给自己介绍对象他都没看上。再说到片儿警工作其实和那些多管闲事的老太太差不多，走街串巷，没什么意思，他反而更喜欢字幕组。这才说到重点，卢俊说："别看以前谁也不认识谁，但是特别有成就感。"刚开了个头，第二个就到了。

　　第二个是个假小子女孩，一头粉色短发，浑身名牌，手背上有个刺青。张北洋见过不少这样的另类一族，以染发、刺青、打洞而在人群中彰显某种存在感，同时又否认这种俗气的"坏孩子"气，其实正是好孩子的象征，相当于人家还没问，先说——别欺负我，我可不是好欺负的——人都在掩饰自己没有的而已。张北洋摇摇头。这个小阿飞倒是符合他对"网友"的想象——低龄、装酷、不差钱。细皮嫩肉的女孩，非要穿得松松垮垮的，五官有点眼熟，张北洋一时没想起来像谁。

　　她坐下后和张北洋点了头，说叫小飞。张北洋反应过来这是她在"白日梦"字幕组的网名，赶紧道上自己的网名："我是水师。"

　　"水师"是按他的"北洋"来的，组成个"北洋水师"。小飞点了一下头，就开始自顾自看手机，不再抬头。张北洋颇为没趣。

　　"先吃吧？"卢俊倒也没客气，大概知道这群人不会这么准时，自顾自地涮起来肉，"咱先吃着，他们来了想吃什么再点。"

张北洋一想也是，动了筷。

"我不饿。"小飞有礼貌地说，继续看手机，气氛就这么尴尬起来。

"你们干这个……多久了？"张北洋问，说完便觉得这话问得不妥，好像当个翻译是什么不可告人之事。

小飞一动没动。卢俊一边往自己碗里塞肉，一边说："快十年咯，我刚开始玩字幕组时，我们还用 FTP 呢，拨号上网，下个电影慢死……"

正说着，入口一片喧哗之声，娘炮组合出现了。张北洋只觉得一片五彩云霞朝自己飘了过来，很快就覆盖了整个桌子。五彩云霞一分为二，占据了卢俊和小飞身边的两个椅子。娘炮组合看起来二十几岁，中等个头，举止亲昵。一个穿粉蓝的西装上衣配七分裤加小白鞋，一个穿深紫色绣花的军夹克衫和包腿裤加黑高帮鞋，真是花之娇艳。张北洋再定睛看看，两个都是浓眉大眼，还都戴了有框眼镜，一个有镜片，另一个没镜片。娘炮组合的出现，终于让火锅桌子真正热了起来。

"俊哥，我太崇拜你了，你怎么能找出来'琥珀酰胆碱'这么专业的词儿呢！"有框有镜的这个先说。

"啊，什么琥珀什么碱？"卢俊咬着软烂的脑花，不解地问。

"那个毒药名儿，*Law&Order* 那个剧的，那么生的词儿你也能找得到啊！"有框有镜继续说。

或许是麻辣脑花让卢俊的脑花反应麻了一些，他回忆了一下，"是不是第二集啊，那谁被毒死那集，那集不是我，那集我老婆产检，我让大幂幂翻的。"

"哟，那大幂幂可得表扬表扬！"有框有镜面露惊讶，没想到大幂幂如此能干。

有框无镜则关注了桌面上的陌生人，问张北洋："你就是'军师'吧？"

"水师，北洋水师的水师。"张北洋纠正对方，介绍自己，"我真名就叫张北洋。"

有框无镜睁大了眼睛，"大叔你第一次吧？"

"啊？"

"见网友。"

"……"

"我不用知道你真名。"有框无镜教育道，"我是'字幕组的一条狗'，他是'夜莺王子'，叫他'王子'就行，他们一般都叫我忠犬。"

现在这帮孩子真的是……张北洋心想，真不明白。

"忠犬对'白日梦'最忠心了，君君走了以后，要是没有俊哥和忠犬……"王子的话被卢俊打断，为了给张北洋介绍，"君君是'白日梦'以前的老大，出国走咯，去美国过美剧里面的日子咯！"

"是啊！"卢俊和忠犬似乎在遥想过去的老大已在美国的土地上优哉游哉地过日子，一时住了嘴。

"走了君君，来了我啊！"张北洋才听明白，不就是一群小屁孩这么屁点的小爱好吗？搞得这么悲春伤秋干什么！

卢俊看了他一眼，突然没话了。

此时，迟到了一个小时的美女大幂幂终于如约而至，胸大细腰，鱼尾红裙，惊艳了整个大厅，百分百的回头率却已经习以为常的她显然立刻就成了桌上的明星。

"怎么，是散伙饭吗？"大幂幂的心情不太好。

"呵呵，不是也快了吧。"王子说。忠犬用手肘捅了他一下，王子住了嘴。

火锅热火朝天，吃客却各怀心事。张北洋总觉得有什么不对劲。

大幂幂慵懒地点起一根烟，瞥了一眼张北洋，似乎在对卢俊说："还招新人啊？"

卢俊终于停了嘴，他端起酒杯："来，走一个。"稀稀拉拉地响应，一直玩手机的小飞见大家都在等她，这才动了动，举起了面前的一杯水。

"今儿见到大家，很高兴，再说一遍，特别高兴，我先干了。"卢俊爽快地一饮而尽，接着说，"还有一件事，不得不说，我做不了了，要当爸爸了，想多抽点时间照顾我媳妇儿。怎么说呢，她，不容易……"卢俊说不下去了。

众人都没有表示出太大的惊讶，似乎早预料到了这一天的到来，只有小飞放下了手机，不说话。

大幂幂哈哈地笑了起来，"哎哟，我当多大点事儿呢。"她顿一顿，"走不走的，'白日梦'也快黄了，正好，借机都散了吧。"

张北洋才明白形势，原来这"白日梦"要干不下去了啊！

和大幂幂的轻松不同，卢俊却一脸愧疚。他再次斟满一杯，自己干掉，又斟一杯，又斟一杯，连喝三杯，似乎是要给大家赔个不是，酒辣得他直龇牙花子。说实话，张北洋自己从星巴克离职都没这么煽情过，几个素昧平生的人，却勾起了他几分难受。

大幂幂从上到下如扫描仪一般打量着张北洋，看得他一阵心虚。

"你喜欢电影啊？"大幂幂问。

"喜欢啊，不喜欢干这翻译电影的干什么，又没钱。"

大幂幂优雅而成熟地吐了一口烟，说："少看点电影，电影里都是假的。"

别看大幂幂是个美人，眉宇间总有点伤感。这似乎增加了她的美，仿佛她终生烦恼的，就是为什么自己这么美。张北洋闻出了苟延残喘的味道，原来这才是他们胡乱选择了张北洋的原因——实在缺人，"白日梦"快完蛋了！

9

老爷子拉开窗户，晌午的阳光一下子把张北洋晒醒了。他满足地伸了一个懒腰。

"儿子啊，你这是参加了什么黑社会吗？"

"哈？"

宿醉的张北洋还没意识到发生了什么。老爷子把镜子扔在床上给他看。张北洋眯着眼睛。

什么？

　　他脸上全是红唇印，脑门写着"水师万岁"四个口红字。"水"还是擦掉改的，之前显然是"军"。

　　张北洋惊了！

　　他努力地回想，昨晚上……火锅店……大幂幂……要黄了的"白日梦"……后来呢？

　　张北洋挠挠头皮，被大幂幂亲了？这么重要的事儿怎么能忘了呢，和这种九分美女的亲密互动得载入史册啊！

　　他打开电脑，关掉了屏幕上马达加斯加电影的画面，打开字幕组的网址。这个在线论坛是"白日梦"等几个字幕组发布信息的阵地。

　　"'白日梦'重装出发，《越狱2》不见不散。"

　　这条大标题被放在了置顶的位置。张北洋点开一看，"水师"的大名赫然在目。

　　水师掌舵……"白日梦"醒……挑战"诸神"……《越狱2》华山论剑……

　　这都是怎么回事？

　　再一看，这帖子才发布了不到五个小时，下面已经是密密麻麻的几百条回复。他认真地看完，才明白了几分。"诸神"是另外一个字幕组，《越狱2》是个美国电视剧，而这帖子的意思，当然就是他张北洋成了"白日梦"的组长，就此重整旗鼓，要和"诸神"在翻译《越狱2》这事儿上比拼一下。

　　他怎么莫名其妙就给人家下了个"战书"？

仅凭这热烈的回复，张北洋毫无疑问鼓捣出了网络字幕组界的大事！想到这一点，他甚至还有点得意，原来我这么有影响力啊！可，不就是翻译吗，为什么要有这么无聊的比赛？

张北洋不知道的是，昨晚他醉酒吹牛，一番逆袭的豪言壮语的动员把大家都说傻了。

"翻译翻译？何止翻译翻译？你们是当代的传教士、播种机、宣传队啊！

"这叫文化交流、幕后英雄。什么叫幕后英雄？你们！我伸大拇指，比幕后还幕后的英雄！

"搁二十年前，你们统统跟特工间谍一样，给人民干了一辈子，人家都不知道有你们这么一号！"

连"白日梦"这群人自己都没想到，原来他们的爱好这么委屈却这么伟大。张北洋彻底把自己在星巴克学的那一套品牌管理方法搬来就用，即刻奏效，给马上要黄的"白日梦"打了鸡血。酒过三巡，娘炮组合热情地拥抱了他，之前的消沉一扫而空，大幂幂用口红写下"军师万岁"，又在卢俊的提醒下，改成了"水"师万岁。卢俊在饭桌上宣布退出之后，还是他结了账，再把张北洋送回家的。显而易见地，张北洋被赶鸭子上架地推上了领导位置。

领导？

哪怕是在这个隐秘的小团体里，领导，也是个领导啊。

张北洋弄清事情真相之后，沾沾自喜起来，我还真是块金子，到哪儿都能发光。

10

虚拟世界到底是一个什么样的世界？

张北洋决定保住自己的"领导"地位，就得认认真真地研究一下这个不知名的比赛。这个翻译对白的流程，分成下载视频、盲听翻译、时间轴、校对、上传等几个步骤。显而易见，速度和质量是比拼的关键。第一个把中文字幕上传到网上的字幕组能比第二个多得到超过一倍的下载量，而翻译质量除了能有信、达、雅以外，还得有点俏皮和接地气的流行语，就更受人欢迎了。

张北洋真是难以理解这么点事为什么值得比赛。

"何止比赛，有时会拼命呢！"卢俊在微信上给张北洋"科普"了一下"白日梦"和"诸神"的宿怨。简而言之，前者曾经是美剧界最厉害、最有知名度的一家字幕组，但因为君君的离开，"白日梦"错过了翻译知名美剧《越狱》从而一下子跌入谷底，被"诸神"大幅反超，两队人马几场"激烈"的网上骂战之后，"白日梦"团员四散，日渐沦落。

还是那句话，who cares？

晚饭炖的是黄鱼。老爷子表面上在看《新闻联播》，不时瞥着对电脑看了几天的张北洋，念叨："传销那可是犯法的哦……让你先打钱的可都是骗子……还有好多网上的人都是男人假装成女人……"

11

自从混进了字幕组，张北洋好像突然变忙了。光是做时间轴，也就是把出现字幕和人说话的时间对齐，就够学好一阵子，马达加斯加早已不知被他忘到哪儿去了。除了老爷子担心他误入歧途被坏人利用，前妻也通过张小北的嘴"关心"过他一次。

"我妈说你要是缺钱就先不用给她打抚养费了。"

对此张北洋极其愤慨，离婚就算了，怎能在儿子面前诋毁他的形象呢。

"爸你真不用生气，我看我妈的新男朋友挺有钱的，他送我妈那东西可贵了，我觉得我可以花他的，替你省一点。"

张小北的话更是在他伤口上撒盐。

今晚《越狱2》第一集在美国首播，北京时间是大半夜。为了第一时间获得翻译，"白日梦"商量好了全组严阵以待。张北洋的咖啡派上了用场，晚上恰好是他最精神的时间。

小飞负责下载片源，直接给了大幂幂和娘炮组合去盲听，张北洋是新人，只负责时间轴。卢俊退出之后，最后的校对没有了，只能大家互相监督。等待的时间漫长而无趣，张北洋突然想起来一件重要的事儿，要是"白日梦"真输给了"诸神"，他这个虚拟世界的"领导"还当得下去吗？

美国时间，电视剧开播了。

张北洋活了这么大，就连熬夜看世界杯也没有比此刻更让他感觉自己正在和世界接轨。他开始相信那个君君真的是去美国"过美剧里的日子"了。

娘炮组合的两个人别看娘，却都是如假包换北大毕业的，他们合开了一个工作室，做的似乎是画画、设计、广告、传媒、时尚，或者是这几样的结合，反正张北洋没搞懂，他们说"视觉传达"，鬼知道是什么玩意。话虽然这样讲，这两个人的英语简直好到没朋友——听说也是背过不少字典的，日常对白不在话下，犄角旮旯的俏皮话全能被他们翻出来。

大幂幂则是另外一类，她这点外语都是靠交外国男朋友学会的，是能说英、法、日三国语言的"学霸"。大幂幂为什么要做这个，张北洋也很奇怪。但那句"少看点电影"显然是说给她自己听的，因为她的阅片量巨大。张北洋听说过香港富豪邵逸夫年轻时一天能看九部电影，这么算来大幂幂五千多部电影的量，不吃不喝也得看两年。他难以理解这么漂亮的姑娘为什么每天花这么多时间看电影，有些姑娘光洗个头化个妆就要几小时。

娘炮组合和大幂幂很快就传来了翻译稿，比预定的时间还早了十分钟。是的，这种比赛是靠分钟计时的。一部美国电视剧播完的两小时以内，网上大约就能有字幕了——简直是个极其高效率、现代化、流水线式的管理方式——难以想象还全是自发的。张北洋这种干过外企规模化经营的人，惊讶于某种把这群人凝聚在一起的能量——图什么啊？

直到他真正地完成了他的第一次。

"白日梦"历时一小时三十七分成功上传了《越狱》第二季第一集的中文字幕，拔得头筹。当张北洋第一次看到压制的视频上浮动"时间轴""水师"这五个字的时候，他竟抑制不住地兴奋，是我啊！这是我！水师就是我！

在无人知晓的虚拟世界里，奔四的张北洋突然找到了新的幸福感。

12

美剧每周三播一集，二十集播完，又大半年过去了。距离张北洋从星巴克离职，已经快一年了。日子从冬到夏，一转眼，又冬天了。张北洋已经熟悉了和"白日梦"一起度过每周三的夜晚。随着剧情的深入，看剧的人越来越多，"白日梦"字幕的下载量和视频点击量，也从一开始的千万级别，上升到了亿。

亿啊！不仅是亿，而且这"亿"是我"水师"创造的！

"诸神"一度在翻译质量上猛超"白日梦"，也赢得了一些支持。小飞曾经严肃地指出，没有校对真的不能算做完，但张北洋坚持的"速度第一，兼顾质量"得到了现实的良好反馈，"白日梦"唯快不破。

张北洋开始学习了，谁能想到，他小时候上的可是特长班，而且是英语特长班。他早早地练就了一身考英语的本领，却在旷日持久的混日子中只剩下了"中杯""大杯""超大杯"那有限的几个能说的单词。

这天张北洋收拾房子，从老太太去世就没人动过的老房子储物间，翻出来他上学时候的课本。

"爸，我记得我高中写过英语日记啊，你放哪儿了？"

"都是你妈收拾的，我哪儿知道。"老爷子依然要照顾他的花鸟虫鱼。只要张北洋不折腾自己，父母家里永远不嫌孩子多。

"我记得是红皮本子，塑料皮的。"

"跟你妈念叨念叨，兴许晚上托梦告诉你。"老爷子真是老糊涂了，张北洋想。

张北洋现在越来越相信卢俊第一次见面说的"成就感"，某种虚幻的自豪和荣耀，却如此真实，即便在所有人眼里他张北洋都是个"失败者"，只有他自己知道，"水师"是个幕后英雄。

眼看《越狱》第二季还有两周就要播完了，他突然有点失落。

13

事情先出在大幂幂身上。

据说车祸是清晨发生的，张北洋冲到医院时，护士让他签手术同意书。

"对呀，失血过多了，再不手术病人会有危险。"

"可我不是她的家属。"

"那家属呢？她手机上你是星标好友。"

"我……"张北洋奇怪为什么大幂幂把他标成了星标好友，"可我真不认识她家属。"

"那男方家属你认识吗？"

"男方？"

医院护士同情地看着他，仿佛已经见惯了这种情感大戏。

"两人都没系安全带。你再联系不上家属，这女的真的很危险了。"

张北洋想了想，说："好，我签。"他把心一横，不能见死不救，有什么事以后再说。

签完字交完钱，护士要赶紧去手术室。临走她说："但男方那边的确我们尽力了，对不起啊。"留下了张北洋一个。

等吧。

此时什么都做不了。张北洋坐在手术室外的长椅上，匆忙出来手套也没戴，塑料椅子有点冷，他用手垫着屁股焐了一会儿。不远处一个盖着白布单的人被推了出来，张北洋凑过去瞥了一眼，死者是个中年白人，这恐怕就是男方了吧。凭大幂幂的条件，她可以找到更好的。

几个男女老外围住了白布单不住地哽咽。看来谁也没预料到，一场车祸，人就这么突然没了。想到这一点，张北洋更加忐忑。大幂幂多大啊？看起来也就二十七八岁，太年轻了，太可惜了！再一想，又忍不住想唠叨她，玩什么别玩开快车啊！开快车怎么还不系安全带啊？做人不能对自己这么不负责吧。

手术经过了三个多小时才结束。医生说命是保住了，但是脸被车窗玻璃划出了十几个口子，"将来慢慢修复吧。"想到大幂幂伤感的美不复存在，张北洋说不出的伤感。

又守了十来个小时，快半夜了，大幂幂醒了。麻药消散，她肯定是疼醒了，哼唧着。

此刻张北洋如同一个慈父，他受不得看到这样的人——大幂幂头上包满了纱布，医生说头骨缝了十七针。

"丹、丹尼……"她声音微弱地拼出一个名字。

张北洋舍不得告诉她丹尼已经死了，"在呢，在呢，旁边病房，你赶紧好起来，好去照顾他，放心啊！"他撒了谎。

纱布中露出大幂幂的大眼睛盯着他的脸，很快就湿了。

大幂幂在医院躺了五天，身体稳定了，可以回家休养，再过一周来拆线。张北洋替她办理出院手续时，在大厅碰见了卢俊，他老婆生了，剖宫产，是个男孩。

张北洋感觉自己已在医院度过了好像一个世纪那么久，但卢俊却对车祸的事一无所知，正在享受初为人父的喜悦。此刻的相逢让张北洋恍如隔世。

遇见卢俊，张北洋本来很高兴，因为今天是周三，晚上是《越狱2》的倒数第二集，很快就要大结局了，这集很重要，卢俊也许能帮上忙。可过了一会儿，他就放弃了这个想法。

他与卢俊聊起了大幂幂的这起车祸。

"到底为什么？"

"她出事以后就没说过话。"

大幂幂一定是猜到了什么，五千部电影不是白看的，医院的生离死别大幂幂看过多少种故事了，还能有什么?

张北洋没好意思邀请卢俊帮忙"白日梦"，看着他连抱婴儿都手足无措的样子，他突然有点想念张小北。

14

倒数第二集的字幕的盲听翻译，是张北洋和娘炮组合一起做的。他第一次承担此重任，压力山大。原本能听懂的，自己也不自信地要反复听好几遍。时间快到了，还剩下一半没翻，他更加焦虑，匆忙中草草了事，再加上猜测和他的老朋友"iPhone 语音识别加百度"，赶上了时间。

上传的进度条还没传完，娘炮组合就发现了翻译中的几个错误。等上传完了，张北洋最担心的事儿发生了，有几个句子，翻译完全拧巴了意思，把"I have to stay（我得留下）"翻译成了音同的"I have Tuesday（我有星期二）"。

"星期二? 这中文都不通!！！"小飞用三个惊叹号来表达她的不满和失望。

"就这一句。"张北洋只好解释。

"不止! 至少现在我发现了七八条，赶紧撤下来改吧。"小飞对校对这件事很在意，她就是个处女座人格。

"不行！速度第一！现在撤大家就去找'诸神'了，就差这两集了！不能败！"张北洋坚持。

"这次没办法，下次我改还不行？"但张北洋自知理亏，只能央求。

群组里小飞没动静了一阵子，张北洋刚放松了一下，她直接发了几个截图来，都是观众的吐槽。张北洋去论坛里一看，帖子留言已经有十几条嘲骂字幕的，以往他都挂"时间轴：水师"，这次挂的是"翻译：水师"。四个小时以后，张北洋不得不承认，仅有速度，是不够的，吐槽字幕的声浪一波接着一波。张北洋同意小飞把字幕撤下来，修改再上传后点击量骤然下降了，"诸神"趁机反超，到了星期四晚上，"诸神"的点击量第一次超越了"白日梦"。

15

张北洋记挂着大幂幂拆线，到医院来看她。自从车祸之后她没说过几句话，张北洋也不多问。有什么可问的呢，一个姑娘男朋友死了，她自己也破了相，再怎么问都是个苦字。

他装着高高兴兴地来见大幂幂，没想到大幂幂见了他，劈头盖脸地扇了张北洋一个嘴巴。

"啊？你干什么？"

"你凭什么？"

"什么凭什么？"

大幂幂嘤嘤地哭了起来，她的肩膀颤抖着，哭声一开始如涓涓细流，演变成惊天动地，仿佛她这半个月的苦都憋在了这一刻。

"'白日梦'被你毁了！"

张北洋有些委屈地站在当地，我到底干了什么？

等大幂幂哭够了，她坐到张北洋身边，点起一根烟。医院里不让抽，她偷偷地趴在窗户边，撅着个屁股对着张北洋。

"丹尼快五十了，老吧？

"好多人觉得我能找着更好的，比他年轻、比他帅的，可我就喜欢他。

"他懂我。"

张北洋不知接什么。

"你知道我为什么爱看外国片儿吗？外国人爱鼓励人，中国人爱教育人。

"我烦别人老教育我。

"丹尼从来不这样做，不管我干什么，他都鼓励我去做。我找到'琥珀酰胆碱'都是他帮我查到的。"

张北洋想起来王子曾夸奖过大幂幂翻译的那一段。

"他跟我求婚了，就在那天早上，我本以为我的幸福就要来了。

"是我要出去兜风的，大早上没人，环路可顺呢。

"他开车，我坐在副驾，我任性吧，想给他一点小惊喜……"

医生走进来，大幂幂把烟掐了。

踩油门和小惊喜的快感叠加，怪不得没系安全带，张北洋想。

拆了线的大幂幂显然不美了，那些伤口在普通人脸上都令人发指。她自己对着镜子端详自己，露出了踏实的神情。

16

张北洋不想干这劳什子的字幕组了。

他有点忘了自己怎么就做起了这件事，哦，对，马达加斯加啊，我是要去看世界的。

可现在呢？靠看片看到的世界，算是看世界吗？

他回到家，习惯性地打开电脑，赫然看见了小飞的辞职信。

小飞只写了几个字：没劲，不想做了，抱歉。

张北洋气死了，怎么连退群都被人抢了先？而且这个小飞，一言不合说走就走，连个缓冲都不留。她觉得没劲，哼，我还觉得没劲呢！我比你更早觉得"没劲"！网友骂的是水师，我这个水师还没引咎辞职呢，你这个小飞有什么可臊得慌的，还真把自己当根葱了？谁知道你小飞是谁啊？在网上人人还不都是一个名字而已？

等张北洋发泄够了，他意识到，下礼拜还有《越狱2》大结局呢，怎么办？

娘炮组合并没有对小飞的离开发声。王子留了言问张北洋什么打算，张北洋总不能写"散伙"吧，再怎么说，当初也是他误打误撞地忽悠大家，"希望总在人间"。

此时此刻他特别想给儿子打个电话。

"爸爸是不是挺没本事的？"

"是啊。"张小北一点也不委婉，"反正我妈说你'没什么用'。"

这次张北洋都不想反驳："是啊，好像还真是这么回事。"

张小北听出来爸爸的反常，说："爸爸，不管你有用还是没用，你都是我爸。"

张北洋差一点哭出来。

17

张北洋给老妈上了炷香，好久没和妈妈说过什么话了。面对老太太那张黑白照片，他却死活想不出来妈妈的样子。

"我想您了。"

照片上的女人微笑不语。

张北洋决定，还是要善始善终，一定做完最后一集大结局，有什么事情都大结局之后再说。现在只有娘炮组合能出力，他决定约上王子和忠犬好好谈一谈。

约见的当天下了雪，天气冷得要命，天地都一片白。张北洋在路上还想着，该买副手套了。他缩着手走进约定的咖啡馆，一眼看见王子一个人坐在靠窗的位置上等他。他笑着走近了才发现，王子抱着一只兔子，似乎是他家的宠物。兔子怕冷，缩在他的大披肩里，眼睛周边有一圈儿红色，如同描了眼线。

张北洋乐了，这家伙！还有养兔子的？！

可看见王子的表情，他的笑容却僵掉了。王子瘦了一圈，脸色惨白，两个黑眼圈，和兔子不相上下。

"我听说大幂幂的事儿了，小飞不应该怪你。"王子很体贴，一上来就说了这句。张北洋含糊地摆摆手，展示自己的大度，问道："你怎么瘦了，是不是很忙？忠犬怎么没来？"

"是，快年底了，我们都有些累。"

"注意身体。这兔子不错，是宠物？"

王子苦笑了一下，说："忠犬送给我的，他不在的时候陪我。"见张北洋没懂，叹了口气，"我知道你为什么来，最后一集对不对？"

"上次是我不好，大结局必须拜托给你和忠犬了，怎么着都不能输给'诸神'啊！"

王子看着窗外的飘雪，似乎陷入沉思。

"我可以做大结局，忠犬恐怕不行。"

"为什么？"

"他在第二个疗程，还不知道结果。我不想让他分心，但我保证我会尽力去做。"

"我们做'白日梦'，是因为我们真的有白日梦啊。"

"其实，我们俩是携带者，水师你懂什么叫携带者吗？"

张北洋皱起来眉头，携带什么？

"有些携带者可以携带几年、十几年不发作的，和正常人一样。"

"忠犬发作得很快，一下子人就不行了，发作的时候已经转移到淋巴了。"

"我现在还行，但这季结束我恐怕也做不了字幕了。我想照顾他，还有公司好多事要打理。"

张北洋懂了，艾滋病啊。

怎么会这样？

王子抚摸着兔子，幼稚而真诚地说："其实我们只想做点很简单的事，就是把我们热爱的、感动我们的东西分享给更多人。第一次见面时你说字幕组是文化使者，但我们真没这么伟大。"

张北洋有点哽咽，"但你们确实很了不起。"

王子害羞却心领地笑了，"呵呵，那你也是，水师万岁！"

18

张北洋回到家，前脚进门，后脚门铃声响。老爷子放下手里正捣鼓的水煮鱼去开门，门口站两个便衣。

"这是我们的警官证，您配合一下，进去说吧。"

老爷子颤颤巍巍地把便衣警察请进了门，他都没问是不是搞错了，只是问道："您两位什么事情，有什么可配合的？"老爷子仿佛早预料到坏事会发生，却在真正发生的时候，不敢相信这是真的。

张北洋就这样被警察叔叔带回了派出所。他顺从地都没有挣扎一下，只是从楼道出去的时候用衣服罩住了脸。这是老爷子住了多年的房子，进进出出的邻居都认识，他自己倒没什么，别给老爷子丢人。

　　真进了"班房"，张北洋才发现，电影里演得都太夸张了。人民警察其实还是挺和颜悦色的，甚至可以说是亲切感人。

　　"我们也不是想为难你，你也别为难我们，这是个什么性质你也都知道，对吧？"

　　"我们依法处理，这个 WTO 啊，这个知识产权的意识、认识，你正好可以学习一下。"

　　"硬盘、数据，还有你们这个论坛、人员，最好你主动给我们提供一下。"

　　说实话，张北洋真不知道警察叔叔们在说什么，什么性质？这是个什么性质的事儿了？他不就是翻译了几个外国电视剧，什么性质了？

　　自己恐怕真该好好学习一下。

　　张北洋虽然身为组长，但真的所知甚少，那几个人知道得都比他多，但出于一种江湖义气，他并不准备"提供"什么。

　　警察叔叔和他聊了很多，也教育了很多。大幂幂说得对，中国人爱教育人。

　　"知识产权保护，也就是说，创作者在一定范围内排他地享受他们智力劳动的成果。

　　"可我觉得，一旦他们的智力劳动形成结果了，尤其是真正好的成果，这东西就应该属于全人类，而不是那几个人。"

　　警察叔叔互相对视了一眼，不理解张北洋的思路。

　　"四大发明被保护了吗？四大名著被保护了吗？这是保护，还是自私？"张北洋问。

"你们翻译字幕上传，就是盗版，盗版你懂吗？智力的窃贼！"

"就算是，也是智力上的劫富济贫吧。"

"胡闹，这是违法行为！你以为在替天行道吗？"

"好，你依法处理我，我认，没有证据，你就放我走。"

张北洋这样说也是嘴硬。因为小飞退组的时候刚把所有的数据信息转了给他，但他还没来得及登录。警察取走了他家里的电脑和服务器，IP 地址暴露了他的所作所为，涉嫌非法获取违规版权制品是板上钉钉的事儿。但小飞把所有内容都加了密，所以就算数据确实存在张北洋的电脑上，电脑并无记录他曾接触过这些数据，警方也无法获取数据内容。派出所和工商局的工程师都检查了几遍，最终还是无法取证。

第二天快到四十八小时的时候，警察决定让张北洋交罚款走人。警察叔叔严格地告诫他："我们国家对打击盗版是坚决的，也是严肃的，好好想想吧，别把大好时光浪费在这个上。"

老爷子在派出所外接张北洋，罚款也是用他的退休金交的。快七十岁了，老爷子还是第一次进派出所干这个。出于某种心虚，他的态度极其谦卑，说道："真是我教子无方啊，给你们添麻烦了。"

张北洋走出大门的那一刻，他第一次发现父亲老了，头发花白、身影佝偻，怎么一个人这么快就会老成这样呢？

老爷子无法再相信吊儿郎当的儿子能干出什么大事，强忍老泪。

"唉，你能不能对自己的人生认真哪怕一次呢？"

"这一次是认真的！"

"可翻译个电视有什么可认真的？"

"再无聊我也想赢一次啊！"

老爷子对张北洋的人生彻底绝望了。

让亲人绝望的人，自己也离绝望不远了。

19

从派出所出来，张北洋才知道，自己这算是从轻处理了，原因是小飞的爸爸做了点工作。

虽然离开了"白日梦"，小飞还放不下这最后一集。服务器被查封，她立刻就知道出了事。

小飞是个名副其实的星二代。她爸爸是个极出名的男演员，怪不得张北洋看她有几分眼熟，她继承了父亲桀骜不驯的基因。但其实，她早不和她爸爸说话了。

如果不是因为张北洋的事儿，小飞不愿意提自己的家庭。她是爸爸老来得女，从小就是掌上明珠，但也正因为如此，宠爱变成了某种控制，一下子反弹成了叛逆。小飞她爸发现女儿千载难逢地求到了自己，赶紧热情地东找西问，几下就问到了派出所的所长，而恰好还是爸爸的影迷——我是看你的电视长大的啊！

小飞最烦这话。

生长在一个"某某女儿"的光环下，如同一个枷锁。她也明白这不是爸爸的错，但她不知道这到底是谁的错。她自己是谁？"小飞"又是谁呢？

张北洋自由了。

这是最后一个星期三。

20

《越狱2》播完了。

王子找到了卢俊，临时搭建了一个服务器，虽然网速和原来的相比差好几倍，但卢俊加入了盲听，翻译速度很快，质量有保证，小飞做了时间轴。等张北洋上线的时候，已经差不多弄好了，他第一次做了校对。

上传完字幕已经是凌晨了。张北洋推开老爷子的房间门，鼾声呼声中间还间隔了一段沉默，每一次鼾声响起，都不知道后面那降音什么时候发生，或者会不会发生。

张北洋在门口听了一会儿。

"亲妈啊，你怎么能忍这么个老头子！"张北洋对母亲的遗像说。

张北洋和所有人的再次见面，是在忠犬的葬礼上。

王子带着兔子答谢大家，大幂幂替来宾登记。卢俊带了全家来。他媳妇儿还没恢复身材，胖乎乎的，看起来比他大几岁，摇篮里的儿子一直睡觉，咿咿呀呀的丧乐也吵不醒他。小飞一直都在，只是一直都在玩手机。

忠犬的家人都很开明。亲属来安慰王子的最多。

张北洋盯着忠犬的黑白照片看了好一会儿，他是个如此帅气英俊的男孩。条幅上写着忠犬的真名。哦，张北洋想，原来他叫这个。

可，他再一想，我还是喜欢忠犬这个名字。

21

"白日梦"接下来要做什么呢？

《越狱2》的字幕翻译取得了巨大的反响——当然，只是在网上——没人知道他们到底要比拼什么。"诸神"要转型去翻译公开课了。这业务很流行，有些还是付费翻译，能解决"诸神"的服务器托管费用，而且最重要的，没有法律风险。

大幂幂要出国了，她在《纽约时报》找了个新工作。她说有朝一日她一定会写一篇"白日梦"的报道，让西方人知道，中国有一群默默无闻的人，在中西方之间搭建一座文化的桥。

"我们没有那么伟大吧？"张北洋呵呵地自谦。

大幂幂笑了，说："知道我为什么要把你设成星标好友？"

"因为我是你领导啊！"张北洋故意这样说。

大幂幂并没有说她本来想说的话，只是道："好吧，好吧，你说得对，就是因为你是我领导。"

小飞去了王子的公司，忠犬走了以后人手不足，王子一个人实在忙不过来。他说反正《越狱3》还不知道什么时候出，正好有时间想一想"白日梦"是不是要继续做下去。

小飞她爸很希望收购了王子那间"视觉传达"什么鬼的公司，被小飞阻止了，"爸，你能不能别我干什么你非要跟我这儿凑热闹！"

"爸爸这不是想多了解你嘛！"

天下的爹妈真的都是苦命人。

张北洋决定去找个正经工作。星巴克店的新任店长是徐芳珍，对了，她觉得 Jean 这名字不好叫，现在改了名叫 Joan。被旧同事面试，张北洋一点也没觉得跌份，有什么说什么，Joan 店长当即录取了他。

从星巴克出来，张北洋约上了徐芳珍，去见见张小北。

芳珍拉着他的手臂，突然想起来，刚才没问他什么时候能开始上班。

张北洋想了想，把她的手揣到自己口袋，他还是没买手套，但有人牵手是温暖的。

他说："我时刻准备着。"

戴珍珠耳环的少女们

　　帝都的冬日阴沉，天空灰蒙混沌，如同一坨煮熟了又冷掉的宽粉。

　　我在表姐的葬礼上接到安娜小姐的电话。

　　表姐才三十六岁，英年早逝。她虽比我大了八岁，但从小我们就混迹一起，分享过女孩之间所有的秘密。老话儿说本命年犯冲，从年头到年尾，癌变得很快，死亡说来就来。此刻，灵堂肃穆，阴阳两隔，我胸前一朵白花，悲伤无处安放。

　　电话另一头的安娜小姐带着哭腔，搭配我的现场，反换我没搞懂。

　　"你别哭呀，在哪儿？谁通知你的？"

　　"什么啊？我在巴黎，"电话里她声音断断续续，"结婚了，听得见吗？我结婚了！"

　　我心头一热，不知道该说点什么。

　　安娜说她在市政厅，刚签完字，要第一个把结婚的消息告诉表姐，因为她是"见过我每一任男朋友的人"。

　　她激动地说："听得到吗？我信号不太好……"

　　那是表姐的手机，可惜天堂里没有信号。

1

珍妮小姐。

2015 年 7 月 23 日。

徐志摩翻译意大利城市 Florence，按意大利语，叫成"翡冷翠"。那个年代的文人坚奉信、达、雅，佛罗伦萨因为"翡冷翠"而显得如通透天空中的一块冰，美到醉。

我和珍妮小姐在夏夜的翡冷翠相逢，沿着石子路走走停停，她邀请我去她喜欢的冰淇淋店，因为"那里打烊晚一些"。点冰淇淋时她说意大利语，又快又溜，半点也听不懂，我的英文完全派不上用处，唯有结尾以咧嘴一笑回报店小哥的高颜值。

我们靠窗坐下，窗外就是阿尔诺河，Ponte Vecchio 桥灯莹莹，恍然如梦。

"多少年没见你了，"此刻珍妮小姐这句话不是问题，而是感慨，"你都长这么大了！"

表姐上大学时，珍妮是她的室友，当时她还叫作徐珍珍，从那时候我就认识她了。当然，还有安娜，以及多多。她们四个是大学的同班同学。回忆里她们共同上学的那几年，我总像个跟屁虫围着她们转，看她们化妆，听她们诉苦，懵懵懂懂地陪她们哭哭笑笑。

转眼十几年过去了，那些花儿已四散在天涯。若不是表姐过世，恐怕我还没有机会与她们重逢。

"你姐以前可喜欢意大利了，巴乔，帅死了！"

是啊，她们那个时代追捧的体育偶像恐怕都当教练去了。

"连她生病，我也是听安娜说的，没想到这么快。"

"她还问你为什么没去参加她的婚礼？"我从巴黎过来，所以捎了安娜的话。

珍妮略窘迫了一下，"我有些苦衷。"

我便没有再问，把装着画的筒子递给她。

"背面写了你的名字，我就给你带来了。"

浪漫的灯火映照在珍妮小姐的脸上，她的皮肤上一个毛孔都没有，如欧洲油画一样好看。

珍妮并没有打开筒子，她迟疑而动情地摸了摸。

"谢谢你。"

2

安娜小姐。

2012 年 2 月 11 日。

表姐到伦敦出差，我蹭她的酒店来旅游，她便带我找安娜玩两天——她刚搬家，在家里搞 housewarming 派对。

安娜的新房子在 Haxton 区，三层小楼，和人合租。她的室友我们也认识，以前在北京就总混在一起的一个富家子。富家子从南锣鼓巷背了好多红灯笼回英国，挂在新家走廊。我们去了先要穿过一条长长的红光，风情万种，表姐和我窃窃地笑，"老外啊！"

安娜招待老外们吃饺子，喊我们帮忙。厨房、餐厅、客厅三合一，空间很大。冰箱上贴着旧上海的海报贴画，旗袍美人珠圆玉润、腮如桃红。冰箱一打开，**嚯嚯**，各种酒，酒才是重点。

老周来的时候，第一轮刚喝完。对饺子真正感兴趣的只有安娜自己，搭配唐人街买的老干妈，喷喷好吃，是她的乡愁。

"对了，这是我闺密喜琳，从中国来的，和她表妹。这是老周。"安娜一边吃饺子一边介绍我们认识。表姐和我用娘家人的眼光上下打量他。

我搞不懂安娜明明在和老周谈恋爱，却为什么要和另外一个异性合住。

"老外什么什么都要拎得清。"安娜见怪不怪。

"还这么老？"我嘟囔，老周看着比实际年龄大了十岁，一个老头样，不懂安娜看上他什么。

"他还抽吗？"表姐问。听说老周有不良嗜好。

"别提了。你知道有一次我们去遛狗，溜达到河边，噌，他跳上路边一辆车，你猜怎么着——人家跟 dealer 收货去了！"

"给我气的！他还让我（此处有重音）上车！他俩坐前面，一个大老黑，Hip-Hop 范儿的，特别壮！我拉着一条狗，坐后座——人家俩好哥们，嘿嘿哟哟，what's up，man？我那个难受呀，坐也不是，走也不是。"

我哈哈哈地大笑起来。

"你能想象吗，我？安娜？我一中国大闺女儿，我当时真的是傻眼啊！老周还说，这是我的妞。哼哼哈兮。我心说，哼你大爷的，老娘要被你害死呀！"

每个以"老娘"自居的姑娘心里都住着一个女汉子。饺子和老干妈吃完，根本听不懂我们说什么的老周又开了新酒，表姐向安娜举杯。

"为了饺子！"

3

珍妮小姐。

2015 年 7 月 23 日。

"我又离婚了。"

"我又饿了。"

我和珍妮小姐同时憋出了一句话。光吃冰淇淋满足不了我这还在发育的身体。但她的话出口，我倒尴尬了。

和安娜不同，我记得徐珍珍一直是大家眼中最不需要操心的那个。她和大学男友峰哥一直就是宿舍里令人羡慕的一对，男才女貌，感情甚笃。

　　大学毕业证还没拿，珍珍就找到了工作，在北京一家外资货运公司做起了标准白领。她们公司专门帮有钱人运输特殊动物，鹦鹉、火鸡、小毛驴……能养这些活物还甘心斥巨资运来运去的人，肯定是些不知人间疾苦的资本家。

　　那时候表姐读研究生还在住校，我还没上大学，珍珍就和峰哥出去租房子了。记得一次我帮表姐捎点东西给她，她在霄云路的路口接我。夏天的午后，她穿了一身白T恤加短裤，扎起一个马尾，红扑扑的小脸，穿着人字拖趿拉趿拉地走过来，把我领回了家。

　　她刚打扫完房间，屋里洋溢着一股擦过地的湿润的味道。CD机放着温柔的英文歌，窗帘隔开了外面的燥热，她跟我说，现在最幸福的事，是能在家里度过一个无所事事的周末。

　　我知道表姐捎给她的是钱。因为她们是两个人，又在校外，开支大。那是我最后一次见到珍珍。

　　安娜小姐出了国，每每失恋就拿表姐当垃圾桶，每每恋爱就让表姐给把关，却从不听话。珍珍很快也陪峰哥一起去了新西兰，变成了珍妮小姐，消息越来越少，就连过年都接不到她一个电话。直到表姐结婚，才七拐八绕地找到了珍妮小姐，她竟然搬去了意大利。电话里她的状况语焉不详，连对表姐的祝福都像是套话。

4

多多小姐。

2009 年 5 月 15 日。

多多小姐的名字是她自己改的。老大不小了还要改这么个大号，未免幼稚，但又极致。她说多多益善，让自己人缘好一些。

在表姐的宿舍里，她是个另类的人。说话心直口快，视角异于常人。对自己的性别设定毫无认知，口无遮拦处每每令人瞠目结舌。

这天多多来表姐家玩，我也在。最近表姐正热衷鼓捣香薰，家里点精油烛台，玫红藕荷，芬芳扑鼻。她进门四下一看，脱口而出："你家搞得跟窑子一样。"

表姐的男朋友忍不住扑哧地乐出声，为了照顾表姐的情绪，说："没有，没有，是我喜欢，她才弄的，怪我。"

多多小姐轻描淡写地接："可不嘛，男的都喜欢。"

表姐见状，只得转移话题。多多热衷于跑步，每天跑一小时。表姐见她瘦如纸片，说跑步过量对膝盖不好。她摸摸自己，愁眉苦脸地说："膝盖倒是没事，胸跑没了，我现在连胸罩都不用穿。"她用手一摸胸前，"完全没有。"

她一直很瘦，胸没了也不算明显。

表姐却给她点赞说："现在流行性冷淡，没胸穿衣服好看。"

她摇摇头，"我真是冷淡，一点性欲没有，都快绝经了。"

她还不到三十，当着那么多人，就那么大喇喇地说这样的话。

表姐只好说："气血补补就好，月见草、高丽参，没事我送你一点吃。"

多多则揉着自己纤细的纸片横截面，瘪嘴道："都试过，没什么用，还上火，一吃连屎都拉不出。"

我觉得能接住多多小姐话的人，必须很懂说话之道。

她并没有出国，和表姐一样待在了北京。后来她混进了娱乐圈，在世界各地跑来跑去，当空中飞人，一拍戏就是好几个月，也和出国了差不多。

5

珍妮小姐。

2011 年 11 月 11 日。

珍妮小姐和峰哥离婚了，我早就猜到了。

新西兰好山好水好无聊，峰哥忙着上学，珍妮小姐无所事事——她终于过上了每个周末都无所事事的"幸福生活"。

人人都想追求幸福，但仅有幸福也是一种不幸。

珍妮小姐开始在社区学校学画画，打发时间。后来逐渐变成正经八百到画室上课，打发时间。再后来她在新西兰画画比赛中得了奖，打发时间。再再后来她申请到了意大利一所美术学院的奖学金，我们才确信，她不是打发时间，而是把画画当成一件正经事来做了。

表姐是光棍节结的婚，那么多"1"，也算是个好记的日子。结婚时珍妮小姐虽没什么表示，但他们蜜月回来还是收到珍妮小姐的结婚礼物，是她的画，署名是 J。

画中一个长发女孩对镜梳妆，她头上卷着一条发带，把前额的头发全部梳起，一对珍珠耳环泛着珠光，和女孩回望观众的眼眸互相呼应。

我们对着她的画大眼瞪小眼地看，惊讶于不过短短几年的时间她怎么可以画得这么好。画中的女孩，分明就是表姐。

表姐把这幅画镶了起来。

珍妮小姐去了意大利以后，听说峰哥在新西兰开了个装饰装潢公司，华人移民越来越多，到了那边第一件事就是看房子、买房子、伺候房子。

再后来，我偶尔能在一些艺术家访谈里看到珍妮，一些画廊甚至开始帮她做画展。她样子没变，但气质已大不相同。我还会恍惚，不是表姐的同学吗，不是快递小松鼠荷兰猪的吗，怎么就变艺术家了？

我都艺术家好几个礼拜了！

我想起来郭德纲的相声段子。我就知道，她和峰哥肯定是没戏了。

6

多多小姐。

2014 年 11 月 16 日。

和安娜、珍妮一样，多多小姐也没来参加表姐的葬礼。因为她也住院了。头七之后，我去医院探望她，她半边脑袋被剃光了头发，一只眼睛耷拉着，上面贴着纱布。

多多小姐在剧组被同事砍了。

怎么回事？

我去的时候正赶上警察又去录口供。

"先毁容，再整容呗。"她见到我，故意显得欢快些，"你别看我现在丑，大出血身子虚，等我归置好了，这张脸，至少能给周迅当个光替。"

她以前那个单薄样儿，是和周迅有几分神似的。

警察也明白，她不想说。

怎么着，就这么算啦？你们才这么大点孩子，谁跟谁这么深仇大恨啊，你知道自己这小脑袋上、这小身板上被扎了几个洞吗？

"算了。多大点事啊，不是没死吗？"

"你和那姑娘关系再好，这也是故意伤人，至少也是过失伤人吧。你现在嘴硬了，刚出麻药你可是疼得娘都骂了，你们把国家治安管理当儿戏啊？！"

多多小姐讪笑，转移话题，看着我，说道："差一点就和喜琳搭伴儿走了。"

连死人的玩笑她都开得出来。

剧组里扎了多多的人是她的对象。

多多小姐的对象可是一朵说不上白莲花还是绿茶花的花。反正据表姐说，特别任性，我则解读为，一个作女。

作女和多多小姐好了没多久就开始闹分手。分手以后每次多多小姐有了新女朋友，作女就返回来求复合，一会儿哄来一会儿骗，不以旧换新不算完。多多也被她吃定了，每次都是赔了夫人又折兵。

后来作女提议，为了永远和你在一起，咱们去外国结婚吧。

多多小姐为了这，还找上了八百年不联系的珍妮小姐，问她新西兰是不是承认同性恋合法，意大利能不能接受女同性恋结婚，又去问不知道在英国还是法国的安娜小姐，说英国和法国到底哪个环境同性恋宜居？能不能领养小孩？等都咨询完了，作女说，咱俩分手吧。

多多小姐又被抛弃了。

一对情侣分分合合久了，每一次分手都好像还会复合，可每一次复合又好像在等待分手。多多和作女就在这个过程中一起进了剧组，两人装成普通朋友每日工作。剧组里的上上下下都没看出来这两人有什么不对劲。

直到出事那天——

剧组住的酒店里，突然就听到两人吵起来了，越吵越凶，越吵声音越大，人人都听到了，人人都听懂了，人人都醒悟了两人的关系。等到制片主任冲到现场，发现作女用一只工具锥，把多多小姐的头上身上扎得大大小小浑身是洞。

制片主任傻眼了，他晕血，看见血流成河也晕倒在地，在医院输了一天葡萄糖才站得起来。

"我脑袋被扎了，脑子也不行，根本想不起来。"

多多小姐再次和警察叔叔打哈哈。

算了吧。

7

安娜小姐。

2015 年 7 月 7 日。

安娜小姐的婚礼上，我是伴娘。

"你还记得老周吗？你们见过。"安娜热情地把新郎介绍给我。白人可能有天生的样貌优势，不显小吧，却也不显老。安娜家的老周，三年前看着那么老，现在看起来，还那么老，没有更老。反而是安娜过了三十五，苹果肌不能微观，神采飞扬都靠心情。

"我以为你不可能结婚的。"我说。

"可不，我也以为。"她摆弄着头纱，"就你姐说我能嫁出去。她最好了！"

"我姐眼里谁都能嫁出去。"

"是啊，"她转过来给我看，"她最好了。"

安娜去英国，最早受的是另一个法国人的刺激，他叫皮埃。

皮埃过五奔六，在亚洲工作了二十几年了，外媒高管中国通。泡姑娘对他这个年纪资历的老外来说，易如反掌。

在他和安娜断断续续五六年的交往中，他是对安娜影响最深的人。从餐饮、文学到生活哲学，皮埃作为一个知识渊博、阅人无数又能同时在东西方游刃有余的人，几乎完美。毫不夸张地说，安娜对男人所有的审美、知识和技能，都是皮埃教的。

皮埃有个前妻，在中国香港。他还有个前女友，在巴黎。虽然都是前任，但皮埃总是和她们牵扯不清。

"我又忍不住去翻她前女友的微博了。"安娜和表姐说。她很吃醋，可毫无办法。

安娜为了读懂前女友微博上那些关于皮埃的蛛丝马迹，开始热情地学法语。即便对于她这样语言天赋不错的人，掌握一门外语也不是一日之功。但她坚持每周上课，风雨无阻。当她法语学到初级的第四阶段时，皮埃决定搬回法国生活。而且，他要和他的前任复合。

"那女的吧，挺有内涵的一个女人，还出过书呢。"

安娜渐渐能看懂皮埃女友的法语微博之后，竟然对她产生了敬意。确切地说，她明白了这样的一个女人才能吸引皮埃这样一个男人之后，这女人从情敌变成了榜样。

安娜开始认真地考虑留学，拓宽社交、学习法语并申请学校。皮埃回到法国定居之后，各种机缘巧合，安娜也见过他几次。他和前任结了婚，有了一对龙凤胎，美好圆满。

"如果那时不是为了对皮埃穷追猛打，也不会跑来英国留学。如果不是来了英国，也不会认识老周。如果不是现成的法语，也没法和老周走到今天。"安娜如是说。

或许幸福从来不是一蹴而就的，而是在层层叠叠交错往返中折磨我们。

"以前我纠结老周不够爱我，其实都是借口。

"和我这么不靠谱的姑娘在一起他也没有安全感呀！我们互相让一步。

"我就是总怕失去，什么都怕，怎么都怕，所以总想抓上点什么，最后发现失去得更多。"

我把她的头纱放下。

她真美。

但愿表姐能看得到。

8

珍妮小姐。

2015 年 7 月 23 日。

"安娜怎么样？"我和珍妮小姐从浪漫洋气的冰淇淋店转移到了接地气的 Kabab 店。我吃肉，她只点了喝的。

"准备和老周看房子，"我说，"还要再养条狗。"

"真好啊！"珍妮小姐喃喃，"我不适合婚姻生活。放弃了。"

珍妮小姐没有要讲她第二次结婚和离婚的意思，我便也没多问。在表姐的朋友中，珍妮小姐是最不用操心的那个，她这一路，从来都是自己扫雷蹚河走，不需要别人帮忙，也懒得帮助别人。

"有个秘密，我只告诉过你表姐。你想知道吗？"

这我倒没想到。是什么？

"我今天去注册社医了……"没想到珍妮也打过长途电话给表姐，这是她刚去新西兰的时候。

峰哥不靠谱，让珍妮小姐怀了孕。他们在珍妮学画画之前就离了婚。

"有孩子当然会有问题……我的工作……签证……还有我妈……但我也不至于养不活这孩子，我自己不也是单亲长大的嘛……"

总之，她用了好多论点论据说明要独自生养一个孩子会有多大麻烦之后坚决地要生下来。可后来孩子还是掉了，并没有保住。电话里她哭了好几条街，密密麻麻地写了一堆想对小孩儿说的话，全部寄给了表姐。

那天是七月七日，恰和安娜的婚礼同天。

"这一天永远是留给我女儿的。"

我这才明白。

珍妮小姐打开画筒，里面正是当年她画给表姐的"戴珍珠耳环的少女"。翻开背面，果然不出她所料，密密麻麻的纸被仔细整齐地贴好，是她写给未能来到此世女儿的话。

9

多多小姐。

2016 年 3 月 13 日。

多多小姐和那位作女一起到新西兰奥克兰机场接我。她头上一层青皮，眼上还留个小疤，我习惯于她对作女的迁就，不用问，在新西兰的土地上，她们应该是合法伴侣了。

虽然第二天要早起，头一天晚上我们还是吃吃喝喝，然后决定去看个电影。中国电影海外上映的日期总是迟的，今天恰有片子，是《美人鱼》。电影看完我们三人走出影院，我一心只想回家睡觉。

"太好看了，好感动啊，不愧是星爷。"多多小姐先开口评论了一句。

作女吃了一惊，"啊，哪儿好看啊？没想到星爷也江郎才尽了！"

多多也吃了一惊，"你不喜欢啊？多单纯啊！简单的爱情才感人。"

作女难以接受，"这和简单没关系吧，是故事太敷衍了，而且也不搞笑啊！"

多多显然不同意这个说法，"本来也不是喜剧片啊！"

作女还是不解，"不是喜剧也不能这么浮夸吧，十几年了还在东拼西凑瞎编乱造这些老套的东西。"

多多停顿了一下，显然意识到这巨大的分歧正走入僵局。她缓和了一下，"情节的确说不上新。"以她的话商，这已经是相当迂回委婉的回答。

作女却不依不饶，"何止不新，对周星驰来说都是老掉牙的，从开头就是尴尬症，特效也是五毛钱的货，还有演员也不行，个个面瘫脸，那谁那声音我都起鸡皮疙瘩，白瞎了预告片，简直是抢钱的……"

多多忍不住打断了对方，"我觉得好，你觉得不好，那我觉得你好，你也不怎么样吗？"

我眼见戳在一对情侣吵架中着实不妙，束手无策。

还好珍妮小姐的电话打到了多多这儿。

"是，我俩转机呢。"她和安娜在一起，"半夜到你那儿……"

10

喜琳小姐。

2016 年 3 月 14 日。

我们五个女人会师于新西兰。

作女和我轮流开车，让珍妮和安娜能睡上一会儿，在天亮之前，我们到达了 Piha。这里是奥克兰著名的黑沙滩，以千变万化的岩石和惊涛骇浪著称。作女细心地准备了头灯，多多拍戏的习惯，工具包里什么都有，很顺利地，我们到达了观赏日出的最佳地点。

海平面一片灰蒙蒙的。海浪的声音混杂着一种不稳定的节奏，哗啦，哗啦啦，哗啦，呼呼啦。

我从背包里拿出表姐喜琳小姐的骨灰，小心翼翼地放在地上。

"等着吧。"多多说，一屁股坐在了沙滩上。

我们好像不知道该在等待中做点什么，只能沉浸在哗啦的海浪声中。

我也在多多身边坐下，她看看我，说道："你的珍珠耳环很美！"

"哦，我姐的。"

"我知道，"多多说，"是我送给她的。"

我点点头。

太阳即将升起。